La soie
au bout des doigts

Anne-Marie Desplat-Duc

Anne-Marie Desplat-Duc est née en Ardèche, mais vit maintenant dans les Yvelines. De l'âge de la marelle à son mariage, elle écrit des poésies, des contes, des nouvelles et des romans historiques. Aujourd'hui, elle consacre tout son temps aux romans pour la jeunesse. Et pour mieux connaître ses lecteurs, elle les rencontre dans les classes le plus souvent possible.

Du même auteur :

- 1943 – L'espoir du retour
- Je serai pompier
- La voiture d'Arthur
- Adieu, Julie - Une aristocrate sous la Terreur

ANNE-MARIE DESPLAT-DUC

La soie
au bout
des doigts

À toutes celles et à tous ceux qui ont eu un jour
la soie au bout des doigts.

Aux enfants ardéchois d'hier et d'aujourd'hui.

1

Armance et Méline marchent d'un bon pas. Elles ont quitté la maison vers quatre heures, mais elles doivent parcourir dix kilomètres avant d'arriver au moulinage[1] de Champ-la-Lioure, et bien que les jours d'avril soient plus longs, il vaut mieux ne pas lambiner. Le panier qu'elles portent à deux est lourd. À l'intérieur, leur mère, Juléva, a mis dix livres de pommes de terre, huit livres de pain de seigle, deux choux, quelques oignons, deux livres de carottes et trois fromages bien secs : de quoi préparer leurs repas pendant la semaine. Méline n'a que huit ans et sa petite taille déséquilibre le panier. Armance est obligée de marcher, un peu

---

1. Usine où l'on tord et l'on assemble le fil de soie. Selon le procédé de torsion, on obtient différentes qualités : l'organsin, le crêpe, etc.

courbée vers la gauche pour rétablir l'équilibre. C'est fatigant. De temps en temps, Armance libère sa sœur et balance sur son dos le couffin de paille tressé. L'air est frais, les oiseaux piaillent avant d'aller se coucher. Méline court devant, ramasse quelques violettes odorantes en chantonnant. Elle est fière de travailler à la fabrique. Sa mère a réussi à la faire embaucher il y a juste un mois. Cela n'avait pas été facile. Elle en avait usé de la salive, Juléva, pour que le moulinier finisse par accepter.

Méline se souvient parfaitement de la scène. Sa mère la tenait par la main lorsqu'elles sont entrées dans le bureau, après avoir attendu plus d'une heure debout dans un couloir long et sombre. Lorsqu'il avait vu la fillette, M. Chaboux s'était écrié :

« Cette enfant est bien trop jeune !

— Elle a plus de huit ans, avait affirmé Juléva.

— Elle paraît pourtant chétive. »

Juléva avait tendu un papier. Le moulinier y avait jeté un œil distrait. Méline était née le 2 février 1840 et, comme nous étions en mars 1848, elle avait huit ans et un mois.

« Ma fille aînée, Armance, qui a quatorze ans, travaille déjà chez vous, au dévidage[1], je crois qu'elle vous donne satisfaction, et Méline est aussi courageuse que sa sœur.

---

1. Action qui consiste à transférer les flottes (ou écheveaux) sur des bobines (ou roquets).

— Je n'ai pas le droit d'engager des enfants de moins de dix ans, avait bougonné le moulinier.

— Je sais, monsieur, mais c'est pas moi qui irais dire son âge et j'ai fait la leçon à la petite, elle répétera autour d'elle qu'elle a dix ans.

— Et si j'ai un contrôle de Monsieur l'inspecteur du travail, l'amende sera pour moi ! s'était emporté le moulinier.

— S'il vous plaît, avait supplié sa mère, la vie est si dure ! Là-haut, sur le plateau, la terre rapporte rien, mon mari et mon fils Bastien travaillent comme des bêtes et nous n'y arrivons pas. Le salaire de Méline, ajouté à celui d'Armance, nous permettra d'acheter une chèvre, de faire des fromages et... enfin de pouvoir vivre... s'il vous plaît, monsieur... »

Méline était restée sagement debout à côté de sa mère. Elle avait tiré sur sa jupe de lainage pour cacher ses chevilles maigres, puis avait tripoté une mèche de cheveux bruns échappée de son chignon (sa mère avait pensé qu'un chignon la vieillirait un peu). Elle aussi espère être embauchée, sinon, elle sera envoyée dans une ferme du haut plateau pour garder les chèvres ou les moutons, et elle ne veut pas. D'abord, elle sera seule toute la journée et ça lui fait peur. On raconte des histoires horribles sur les loups qui dévorent les bergères et en plus, elle déteste la solitude. Et puis, au retour des champs, elle devra préparer le repas, traire les chèvres, faire les fromages, la lessive, le raccommodage. Non, non, elle préfère travailler à la fabrique, et rentrer chez elle le samedi. En étant fille de ferme, elle n'aurait ni son dimanche ni les jours carillonnés, parce que les bêtes, il faut s'en occuper tous les jours. La fabrique, c'est différent : moderne, nouveau. Avec sa sœur et les autres filles, elles bavarderont, elles chanteront et le temps passera vite, alors qu'à la ferme... pouah ! Non, franchement, elle n'a pas envie.

Elle se dressa discrètement sur la pointe des pieds pour paraître plus grande. Le moulinier ajusta son lorgnon, la jaugea, sortit un gros registre d'un tiroir fermé à clef, suivit une liste de noms de son index, puis marmonna :

« Bon. La fille Cros est malade depuis une semaine. Tu la remplaceras. Mais je vous préviens, elle fera six mois d'essai non payés, puis, un an d'apprentissage à huit sous le mois et pas de livret de travail, avant qu'elle n'ait l'âge requis, et si elle ne fait pas l'affaire, si elle est malade, si elle se plaint, je la renvoie immédiatement. »

Juléva s'était confondue en remerciements. Dehors, elle avait embrassé tendrement Méline en lui faisant mille recommandations.

« Sois obéissante et courageuse. L'argent que tu gagneras est important pour nous et puis, comme pour Armance, j'en mettrai une partie de côté pour ton trousseau, et lorsque tu seras en âge de te marier, tu seras bien contente et bien fière de ne pas arriver les mains vides devant ton futur. »

Méline sourit à cette évocation. Elle pique quelques pâquerettes dans ses cheveux et tournoie pour se faire admirer. Armance la rabroue gentiment :

« Viens m'aider à porter le panier au lieu de jouer la demoiselle, sinon nous serons en retard. »

Méline se plaît à la fabrique. C'est dur, évidemment, et lorsque Mlle Chareyre, la surveillante, les réveille tous les matins à trois heures et demie, elle a envie de se blottir contre sa sœur pour prolonger un peu la nuit, mais Armance la pousse hors de la paillasse. Le plus difficile a été de s'habituer à rester enfermée seize heures dans l'odeur de la soie, âcre et douce, et dans l'humidité de l'atelier. Les premiers jours, elle en avait des fourmis dans les jambes, la tête lourde et la gorge irritée. Le bruit aussi l'avait étonnée. La cascade d'eau qui chute de la grande roue contre le mur de la fabrique, le ronronnement, le cliquetis, le grincement des tavelles et des roquets qui tournent. Ce vacarme incessant bourdonnait à ses oreilles, elle qui ne connaissait que le bruit du vent ou de la pluie sur le plateau.

Mais, maintenant, c'est une vraie ouvrière. Ces bruits et ces odeurs ne la gênent plus. Et puis, elle apprend à parler le français. M. Chaboux exige que pas un mot de patois ne soit prononcé. Mais lorsqu'elle rentre chez elle, le samedi soir, son père la rappelle à l'ordre :

« Méline, aqui se parla la linga de los anciens !

Oblia pas ! Ah, la fabrica ! Fa enreire a las filhas que la via a la vila ei melhora... eh ben, vei aquo que dona[1] ! »

Méline ne réplique pas, mais elle est fière de comprendre le français. Sa mère le connaît aussi. Comme Armance s'en étonnait un jour, Juléva avait répondu :

« Je suis allée à l'école jusqu'à douze ans. J'étais bonne élève. J'aurais bien voulu continuer... mais les études coûtent cher et mes parents n'avaient pas les moyens, alors j'ai travaillé et tout ce que j'ai appris ne me sert à rien... Ça m'a même plutôt nui...

— Qu'est-ce qu'ils faisaient tes parents ? avait demandé Méline.

— Mon père était bourrelier et ma mère l'aidait de son mieux.

— Et... ils sont morts ?

— Oui, c'est ça, ils sont morts. »

Méline n'a pas envie d'apprendre à lire et à écrire, mais elle sait qu'Armance aimerait bien. Elle soupire, puis questionne brusquement sa sœur :

« Dis, pourquoi le père t'a disputée ce matin ?

— Il était de mauvaise humeur.

— Il est souvent de mauvaise humeur avec toi, c'est pas juste.

— Oui, peut-être... »

Un chant joyeux tire Armance de ses réflexions.

_____

1. « Méline, ici, on parle la langue des ancêtres ! Ne l'oublie pas ! Ah, la fabrique ! Ça fait croire aux filles que la vie à la ville est meilleure... eh ben, on voit ce que ça donne ! »

Une voix d'homme. Jeune. Elle la reconnaît. Elle s'arrête quelques secondes pour écouter et pour laisser le temps à son cœur de se calmer et à ses joues de perdre leur rougeur. Leur mère leur a bien recommandé de ne pas quitter le chemin, de ne pas parler aux inconnus, mais celui qui chante ainsi n'est plus vraiment un inconnu. Quelques pas plus loin, elles distinguent des hommes perchés dans les mûriers. Ils ramassent les premières feuilles tendres pour les jeunes vers et les laissent tomber dans un vaste tablier noué à la taille. Le chanteur aperçoit les fillettes et, bien qu'il connaisse parfaitement la réponse, il les interroge, histoire d'engager la conversation.

« Holà ! demoiselles, vous allez à Champ-la-Lioure ?

— Oui », répond Armance qui pose le panier dans l'herbe, secoue le bras pour soulager sa crampe, met la main en visière devant ses yeux pour examiner le cueilleur. Elle le trouve beau garçon. Elle l'avait déjà remarqué le samedi d'avant et même l'année dernière. Mais l'année dernière, elle était trop jeune pour attirer le regard des garçons, alors que maintenant... Elle s'enhardit à demander :

« Et vous ?

— Moi, je cueille pour la magnanerie[1] Rioux, là-bas... » Et, d'un moulinet de la main, il désigne une colline où doit se trouver le bâtiment.

---

1. Bâtiment où sont éduqués les vers à soie d'avril à fin juin.

Le garçon saute de l'arbre sans utiliser l'échelle appuyée sur le tronc. Quelques feuilles s'échappent de son tablier, mais il n'y prend pas garde. Il est face à Armance et la dévisage. Elle est plutôt jolie. Elle a la peau colorée comme une pêche d'août, les cheveux couleur châtaigne, marron et roux, une bouche pulpeuse et souriante et des yeux verts comme il n'en a jamais vu. Il lui tend une main tailladée par les feuilles après l'avoir essuyée sur son pantalon :

« Je m'appelle Élias.

— Moi, c'est Armance…, répond-elle, émue.

— Et moi, Méline », dit la petite avant d'ajouter, reprenant l'expression de sa sœur :

« Faut pas s'arrêter trop longtemps, sinon on sera en retard. »

Au même moment, un homme plus âgé rappelle Élias.

« Bon, j'dois y retourner », lance le jeune homme qui monte dans le mûrier où il reprend sa chanson.

Armance soupire. Elle est heureuse d'avoir enfin fait sa connaissance et déçue de devoir le quitter si vite. Elle attrape le panier, Méline en saisit une anse et elles avancent sans se retourner. Pendant quelques minutes, le chant d'Élias les accompagne.

2

Au carrefour de la croix de Maloza, Armance et Méline rencontrent Flavie et Suzel qui habitent Alissas et travaillent, elles aussi, à la fabrique de M. Chaboux. Armance raconte sa conversation avec Élias.

« Élias ? Élias Arnaud ?

— Je connais pas son nom de famille.

— Des Élias, il y en a pas beaucoup, il habite la ferme de Laval, mais j'ai pas le droit de lui parler.

— Pourquoi ?

— Il est protestant. »

Armance baisse la tête. Sa mère n'aimerait pas qu'elle fréquente un protestant. On raconte qu'à Vernoux, il y a trois ans de cela, une jeune fille a été enlevée par un prêtre et enfermée dans un couvent parce qu'elle voulait épouser un protestant. Voilà une amourette bien mal engagée, mais après tout, si elle n'en parle à personne... Élias est si beau garçon, il a l'air si gentil et si fort à la fois.

En passant devant *Le Rubis,* le château de M. Chaboux, construit face à l'usine, les fillettes exécutent une révérence. Flavie fait un pied de nez et toutes les quatre éclatent de rire. Un peu plus loin, se dresse un bâtiment carré, accolé à une petite chapelle : l'orphelinat. M. Chaboux a généreusement offert le terrain pour sa construction et fournit du travail aux fillettes recueillies par les sœurs. Victorine et Javotte, qui ont toutes les deux treize ans, vivent là depuis la mort de leurs parents lors de l'épidémie de choléra. Il est devenu rituel que, tous les dimanches soir, Armance, Méline, Suzel et Flavie, en passant vers dix-neuf heures sous les fenêtres du réfectoire, chantent une ritournelle pour informer leurs amies de leur retour. En principe, ce ne sont pas des chants enseignés par les religieuses, mais plutôt des chansons que les plus grandes leur apprennent et qui les font rêver :

Là-bas, sous ces arbres, ah ! qu'il y fait bon,
L'y a des oranges, les amants y vont,
Et les bergères passent bien leur temps
Sous le ciel de lune, avec leurs amants.

Une voix claire leur répond par un cantique.

« C'est Victorine ! Sœur Marie du Saint-Sacrement doit être dans les parages ! s'exclame Armance.

— Eh oui ! Heureusement qu'à la fabrique, on peut chanter autre chose que des cantiques ! » se moque Flavie.

Dans la cour, les ouvriers et les ouvrières discutent pour profiter des dernières lueurs du jour. Les hommes sont groupés autour d'un énorme rondin de bois qui fait office de table sur lequel trônent deux bouteilles de rouge que l'un d'eux a ramenées, et les quarts de fer se vident et se remplissent pendant que la conversation enfle :

« Y avait un de ces mondes au Champ de Mars hier pour danser autour de l'arbre de la Liberté !

— Ouais... mais la liberté, on la voit pas trop...

— T'es malade ! Tu préférais Louis-Philippe ?

— J'ai pas dit ça ! Mais la République n'a pas apporté que de bonnes choses, y a qu'à regarder en arrière ! Et la liberté, c'est un joli mot, mais pour nous, rien n'a changé. On travaille seize heures par jour pour un salaire de misère.

— Quand même, on a élu huit républicains sur neuf et ça, c'est un fameux pas en avant...

— En attendant, buvons un coup ! ça, au moins, on est libre de le faire ! »

Armance et Méline retrouvent leurs amies. Elles se racontent leur dimanche tout en rangeant sous leur lit les provisions qu'elles ont apportées. Ce soir, il est trop tard pour cuire la soupe, elles mangeront un morceau de pain et un oignon. Elles prolongent la soirée en bavardant assises dans la cour. Elles sont contentes d'avoir pu passer un jour chez elles et se sentent suffisamment vigoureuses pour recommencer la semaine. D'ailleurs, ce soir, elles n'ont pas sommeil et la gouvernante est obligée de les rappeler à l'ordre vers neuf heures. Elles montent dans le grenier sans fenêtre, aménagé en dortoir, où s'alignent les lits de bois à peine espacés d'une main. Dix lits d'un côté du mur, dix lits en face. Elles se glissent en riant sur la paillasse étroite où elles dorment à deux ou trois. Armance partageait celle de Félise, mais depuis l'arrivée de Méline, elles sont trois parce qu'il n'y a plus aucune place libre. Elles finissent par s'endormir. De toute façon, la nuit est tombée, et elles préfèrent économiser leurs chandelles pour les soirs d'hiver. Mlle Chareyre est montée dans sa chambrette suspendue au-dessus du dortoir. Presque une vraie chambre où elle dort seule, dans un vrai lit, mais une petite trappe aménagée dans la paroi lui permet de surveiller le dortoir de cinquante fillettes. Elle fait régner la discipline. Aucun garçon ne doit franchir la porte et une tenue irréprochable est exigée. Elle-même relève ses cheveux gris en un petit chignon bas. On a l'impression qu'elle ne sait pas sourire et sa mine revêche effraie les plus jeunes.

Le lendemain, la gouvernante réveille tout le monde à trois heures. Méline se frotte les yeux, bâille et ronchonne. Armance se lève, salue Suzel et Flavie dont le lit est à côté du sien, enfile sa jupe sur sa chemise et se hâte vers l'escalier. Elle saisit une cruche avant qu'il n'y en ait plus et descend chercher de l'eau au puits. Elle croise son fichu sur ses épaules pour se protéger de la fraîcheur matinale. Lorsqu'elle remonte, Méline, Félise et quelques autres bavardent en se coiffant devant un miroir fendu dans la petite salle commune aménagée sur le palier. Elles parlent de la fête qui aura lieu à Privas samedi et dimanche. Elles se rafraîchissent le visage, le cou, les bras, puis déjeunent rapidement d'un morceau de pain et de fromage. Ensuite, elles descendent à la cuisine pour préparer la soupe qu'elles avaleront à onze heures. Félise, Méline, Armance, Suzel et Flavie la font ensemble, car le fourneau n'est pas assez grand pour contenir les pots de terre ou les casseroles de chacune, mais les plus âgées ont le privilège de faire leur soupe seule ou par deux.

« Oh ! Tu as du lard ! s'exclame Méline qui fouille dans le panier de Suzel pour trouver les oignons.

— Oui, ma mère trouve que j'ai maigri et elle m'en a donné un petit morceau pour me fortifier.

— On le met dans la soupe ? interroge Méline qui salive déjà.

— Non. Pas aujourd'hui… attendons le milieu de la semaine. Il faut pas manger le meilleur tout de suite.

— J'espère qu'on te le volera pas, s'inquiète Armance.

— Il est bien caché au fond du panier... Et celle qui me le volera, je lui perce le ventre ! » s'exclame Suzel, son couteau pointé vers un adversaire invisible, une pomme de terre à demi épluchée dans l'autre main.

Les filles rient, mais elles savent bien que l'univers de la fabrique n'est pas tendre. Pour se faire embaucher ou pour obtenir une place de doubleuse, mieux payée que le dévidage, certaines se battraient presque... Pas toutes, évidemment, mais les plus pauvres, les plus âpres au gain ou les plus belliqueuses.

Il y a quelques mois, Rose, la plus âgée, a traité Armance de bâtarde ; Armance ne se souvient plus du motif de la dispute, mais le mot est resté planté en elle. Pourquoi Rose l'a-t-elle traitée de bâtarde ? Une bâtarde est une fille sans père et elle, elle en a un. Rose a lancé ce mot abominable par pure méchanceté. Elle est devenue si mauvaise depuis que son fiancé l'a abandonnée...

Piquée au vif, Armance lui avait posé la question :
« Pourquoi tu me traites de bâtarde ?

— Ah ! Parce qu'en plus tu n'es même pas au courant ! s'était esclaffée Rose, eh ben, tu demanderas à ta mère, elle a travaillé avec la mienne autrefois à Saint-Julien. »

Armance n'avait pas soufflé mot de cette histoire à sa mère. Elle avait préféré essayer d'oublier.

À quatre heures moins le quart, les jeunes filles sortent dans la nuit. Les ouvrières et les ouvriers qui ne dorment pas à la fabrique arrivent, portant le bidon de fer contenant leur repas ou le sac de toile enfermant un morceau de pain, un oignon, un bout de fromage. Les fillettes de l'orphelinat, dont M. Chaboux a la bonté de s'occuper, pénètrent dans la cour en rang par deux. Une sœur à cornette les précède, sa lanterne à bout de bras.

Armance se précipite pour embrasser Victorine et Javotte, et comme tous les matins, elle se fait rappeler à l'ordre par la religieuse :

« Voyons, mesdemoiselles, un peu de tenue. »

Mais elles n'y prêtent pas attention et, lorsque la cloche sonne quatre heures, elles entrent dans le moulinage. Devant le crucifix et la statue de la Vierge fixés au mur dans le fond de l'immense salle, la religieuse fait réciter une prière.

3

Armance doit apprendre le métier à sa sœur sans que cet apprentissage ralentisse la cadence. Ce sont les ordres de M. Chaboux. Armance n'a plus une minute de répit. Elle montre à Méline comment installer la flotte sur la tavelle, comment, lorsqu'un fil de soie casse, mettre la tavelette au repos pour attacher délicatement le fil de soie avec un nœud invisible. Méline monte alors sur un petit banc pour atteindre les tavelles. Elle n'est pas assez grande, mais elle n'est pas la seule, Marinette, Odette et Julie sont dans son cas. Lorsque les tavelles tournent sans problèmes, les ouvrières s'assoient au bout de la banque sur des bancs pour

« faire sans[1] » et elles bavardent malgré le vacarme assourdissant. Ermina Berthaud est une finaude, elle attend que quatre ou cinq fils soient cassés avant de se lever, mais si la gouvernante la surprend, elle la grondera sévèrement. Ermina le sait, mais prend le risque pour amuser ses camarades... Et dès que la gouvernante arrive vers la rangée dont elle s'occupe, Ermina saute sur ses pieds et s'active pour renouer les fils. Les autres rient en douce et admirent en secret le culot d'Ermina qui explique à sa voisine :

« Faut pas se laisser exploiter ! Et pour ce qu'on nous paye pour seize heures de travail, je vais pas en plus me lever pour relancer une seule tavelle, non mais des fois ! »

À huit heures, lors de la première récréation, Méline, Armance, Félise, Victorine et Javotte sortent manger leurs morceaux de pain et de fromage dans la cour. L'atmosphère chaude et humide de l'atelier, indispensable pour éviter les cassures du fil de soie, est pénible et l'air frisquet du dehors les ravigote. Le jour est à peine levé. Elles mangent debout, appuyées contre le mur ou contre le tronc des deux vieux tilleuls plantés dans la cour, et elles bavardent :

« Angèle a quitté l'orphelinat hier. Elle en avait

---

1. Ne rien faire.

assez de travailler à la filature[1] pour vingt francs par mois. Elle est montée à Paris, annonce Javotte.

— À Paris ! Quelle chance ! s'exclame Armance.

— Je ne sais pas si c'est une chance. Elle est partie sur un coup de tête parce qu'elle s'est disputée, une fois de plus, avec la directrice. Angèle rouspétait de devoir payer dix francs par mois pour la nourriture, un franc pour le blanchissage et d'acheter fort cher nos effets, notre linge et même les morceaux de chiffons pour rapiécer nos vêtements. La directrice s'est fâchée et lui a dit que, si elle n'était pas contente, elle pouvait partir.

— Je croyais que les religieuses étaient bonnes avec vous ?

— Ah, Méline, tu es encore jeune et naïve ! En fait, elles vivent sur notre dos. C'est nous qui travaillons pendant que toute la journée elles récitent des prières, vont à la messe et chantent des cantiques, répond Victorine.

— Voyons, tu exagères, sœur Dominique qui apprend le catéchisme aux plus jeunes est gentille, dit Félise.

— Oui, mais la directrice de l'orphelinat est une affreuse bonne femme qui s'entend bien avec le directeur de la fabrique, et si M. Chaboux a autorisé la construction d'un orphelinat sur ses terres, c'est pas

---

1. Usine où l'on dévide les cocons de soie dans l'eau à 70°. On assemble plusieurs fils de soie pour donner la soie grège prête à être moulinée dans les moulinages.

par bonté d'âme, mais pour avoir, en toute saison, une main-d'œuvre bon marché ! explique Javotte.

— Nous travaillons comme des bêtes sans toucher notre salaire. Les religieuses le gardent jusqu'à notre majorité, ainsi, elles sont certaines que nous ne fuirons pas avant ! Sans un sou, on n'irait pas loin ! s'emporte Victorine.

— Et pour la moindre faute, on nous bat, on nous met au cachot, au pain sec et à l'eau ! ajoute Javotte.

— Vous ne nous en aviez jamais parlé, s'étonne Armance.

— On n'a pas le droit. Si la directrice l'apprend, on sera punies. Pour tous, l'orphelinat doit rester un modèle de vertu, mais après ce qui est arrivé à Angèle, j'ai pas pu tenir ma langue.

— On ne le répétera à personne, promet Méline.

— Merci. Ça m'a fait du bien de "vider mon sac". Moi aussi, dès que j'aurai l'âge, je partirai et même avant si je me marie, dit Javotte.

— Ma pauvre Javotte, qui voudra d'une orpheline sans le sou ? se plaint Victorine.

— Ne détruis pas mon rêve ! proteste Javotte, peut-être un gentil garçon me trouvera jolie et travailleuse et... »

Mlle Chareyre met fin à leur conversation. La demi-heure de pause est terminée. Il est temps de reprendre le travail.

La dernière phrase de Javotte fait rêver Armance. Elle aussi espère trouver un gentil mari, quitter la fabrique et s'occuper, comme sa mère, de ses enfants, des poules, des lapins, du cochon et du potager. Quoique... Elle ne sait pas si Louis, son père, est un bon époux. Il est coléreux, s'emporte souvent après sa femme et gueule que sa fille coûte plus qu'elle ne rapporte et qu'il aurait mieux fait de la mettre à l'orphelinat... Il dit toujours « ta » fille en parlant d'Armance et pas « notre » fille, mais les pères dédaignent souvent les filles et préfèrent les garçons. La preuve, c'est qu'il dit « mon » fils en parlant de Bastien. Et si... non, non. Rose l'a traitée de bâtarde par pure méchanceté et son père s'en prend à elle uniquement quand il a trop bu après le marché. Sa mère attend que l'orage passe et monte dans le grenier où Armance a sa paillasse avec Méline. Elle embrasse sa fille aînée et murmure :

« Fais pas attention, il est énervé. Il a bon cœur, mais mauvais caractère. Sans lui, je ne sais pas ce que je serais devenue. »

Alors, Armance n'y pense plus, jusqu'à la prochaine colère.

4

L'inspecteur Delafond est arrivé un matin à la fabrique. M. Chaboux en avait été informé par M. Fuzier en personne, moulinier comme lui à Chomérac et qui avait été condamné à une amende de cinq francs parce qu'il avait employé dix fillettes de huit ans et à une amende identique parce qu'il les faisait travailler avant cinq heures du matin. Les deux hommes avaient longuement discuté.

« N'est-il pas scandaleux d'être condamnés comme de vulgaires voleurs alors que nous procurons de quoi subsister à la population locale ? s'était indigné M. Chaboux.

— D'autant que ce sont les mères elles-mêmes qui nous supplient d'engager leurs fillettes de huit ans !

Ah, la loi de 1841 réglementant le travail des enfants était déjà contraignante, mais voilà que nos politiciens limitent à présent la journée de travail à onze heures ! C'est une aberration ! Heureusement, aucun industriel de la région n'en tient compte ! avait poursuivi M. Fuzier.

— Sinon, mon cher ami, nous allons tout droit à la ruine ! » avait conclu M. Chaboux en reconduisant son confrère jusqu'au portail de l'entrée.

Puis, il s'était précipité à la fabrique. Vite, il avait expédié les quatre fillettes de moins de huit ans derrière l'usine ou dans la cuisine, enfin n'importe où pourvu que l'inspecteur ne les trouve pas.

Méline, Marinette, Julie et Odette étaient parties en riant se cacher vers la rivière, ravies de cette récréation supplémentaire.

M. Chaboux et le contremaître escortent Monsieur l'inspecteur qui déambule entre les tables. Il pose quelques questions et note les réponses dans un carnet. Il examine la grosse horloge pour voir si un poids n'en ralentit pas la marche comme la plupart des mouliniers le pratiquent pour fabriquer des heures de soixante-cinq minutes. M. Chaboux adresse un clin d'œil discret à son contremaître qui a ôté le poids dès que l'inspecteur a été annoncé. Ce dernier s'informe pour savoir s'il n'y a pas eu d'accident, de vol, de plainte, de maladie liée au travail. « Non, non, répond M. Chaboux, rien de tel. Le travail s'effectue dans une excellente ambiance : les ouvrières et les ouvriers sont contents de leur sort. » L'inspecteur ne peut réprimer un rictus. « Contents de leur sort »... Ont-ils vraiment le choix ? Enfin, il n'est pas là pour polémiquer. Il contrôle. Et moins il fait de remarques, plus vite il aura terminé. Il est tout seul pour le département de l'Ardèche et ses heures supplémentaires ne lui sont pas payées, alors...

Par simple zèle, il s'enquiert :

« Les filles vont-elles à l'école ?

— À l'école ? s'exclame le moulinier, mais pour quoi faire ? Elles n'ont pas de temps à perdre dans les livres ! La région est pauvre, Monsieur l'inspecteur. Nos filles se marient avec des gars de la terre ou des ouvriers, à quoi leur servirait l'instruction ? Et puis, nous sommes trop loin du village. Par contre, j'exige qu'elles parlent français pour faciliter la communication. Elles font leur communion et les prières sont dites tous les matins grâce aux religieuses de l'orphelinat dont je suis le protecteur.

— Ah, bien... si elles font leur communion et qu'elles parlent français... »

« Ouf ! » pense le moulinier. Il a marqué un point.

« Quels sont les horaires ? interroge encore l'inspecteur.

— L'été, elles font quatre heures-vingt et une heures avec de longues récréations et l'hiver six heures-dix-neuf heures. Comme vous savez, on travaille surtout avec la lumière du jour. Mais ce n'est pas le bagne ! Elles sont assises la plupart du temps à surveiller des yeux leurs tavelles et...

— En été, cela ne fait que huit heures d'arrêt pour dix-sept heures de travail ! s'insurge l'inspecteur.

— Comme vous y allez ! dix-sept heures ! Que non ! Je ne nie pas les dix-sept heures de présence, mais cela ne représente que dix à douze heures de travail effectif si on soustrait les récréations, le temps où elles sont assises et le bavardage... et puis, vous le savez comme moi, sept heures de sommeil sont largement suffisantes pour des filles. Si elles dorment plus, elles deviennent "molasses" ! »

L'inspecteur ne bronche pas. À quoi bon ? Ces mouliniers ont réponse à tout. Ce sont eux les puissants. Eux qui font la richesse du département, alors... Afin de ne pas s'avouer immédiatement vaincu, il demande à examiner les dortoirs.

Le moulinier soupire. Il espérait échapper à cette visite. Il appelle la gouvernante et grommelle d'une voix où pointe un rien d'exaspération :

« Si vous voulez bien nous suivre. »

Ils traversent la cour. Les ouvrières profitent de la pause de seize heures pour regarder s'éloigner le patron, l'inspecteur et la gouvernante et évoquer entre elles ce qu'elles n'oseront jamais avouer à l'inspecteur de peur d'être renvoyées et de ne plus trouver d'embauche nulle part :

« Moi, j'ai été à l'école pendant six mois. J'ai commencé à travailler, j'avais à peine six ans. Je connais mes lettres et je sais un peu compter..., commence Suzel.

— Moi aussi, ajoute Armance, j'aimerais bien savoir lire et écrire.

— Ouais, mais moins on en saura, plus les patrons pourront nous exploiter ! lance une grande.

— Hé ! Vous croyez que Mlle Chareyre va lui dire que les paillasses n'ont pas été changées depuis plus d'un an ! continue Séraphie.

— Et que les draps ont plus de cinq mois ! » poursuit Armance.

M. Chaboux montre rapidement le dortoir à l'inspecteur tout en lui parlant de ses excellentes relations avec le maire et le sous-préfet, des gelées qui ont retardé l'apparition des feuilles de mûrier et des moissons qui videront bientôt son usine de plus de trente pour cent de son personnel. Monsieur l'inspecteur soulève une paillasse, tord le nez, constate que les lits ne sont pas espacés des quarante centimètres réglementaires, que l'air est humide et confiné, que la cuisine est sombre et malsaine. M. Chaboux promet de faire renouveler la paille et de changer les draps, assure que l'été, les filles sont contentes d'être au frais et que l'hiver, il fait ajouter une couverture et que, de toute façon, chez elles, elles ne seraient pas mieux.

« Exact », laisse tomber l'inspecteur qui vient de sortir sa montre de son gilet. Dix-sept heures ! Il tend une main molle au moulinier en ajoutant :

« Je ferai un bon rapport. Aucun enfant de moins

de huit ans ne travaille chez vous... Le reste n'est que broutilles.

— Pensez, Monsieur l'inspecteur, puisque c'est interdit par la loi ! » s'exclame le moulinier en serrant avec force et gratitude la main tendue et en criant :

« Le cheval de Monsieur l'inspecteur ! »

L'inspecteur secoue sa main endolorie et monte en selle. Il s'éloigne sans se retourner. La gouvernante, le contremaître et le moulinier le regardent partir en souriant d'aise :

« Eh bien, nous voilà tranquilles au moins pour dix ans ! » lance M. Chaboux en se tapant sur une cuisse.

5

Le samedi, toutes les ouvrières qui couchent à la fabrique finissent à quinze heures pour avoir le temps de rentrer chez elles avant la nuit. Chaque jour, elles ont travaillé une heure de plus pour récupérer les cinq heures non effectuées. Ce samedi, au moment où elles passent le porche, le contremaître rappelle Armance :

« Va vite donner un coup de main à Eulalie, elle est tombée sur de mauvaises flottes qui ont désorganisé toute sa rangée et elle est encore bien jeune pour s'en sortir seule.

— Mais, je partais et...

— Tu en as pour cinq minutes et tu es la meilleure pour ce travail. »

Armance met une bonne demi-heure à tout

remettre en marche, puis, en rouspétant, elle rejoint Méline qui l'attend près du portail, et elles hâtent le pas pour rattraper le temps perdu. Tout le long du chemin, elles parlent de la fête du Printemps qui a lieu à Privas samedi et dimanche. Elles espèrent pouvoir y aller demain. Méline aime regarder les nombreuses attractions qui permettent de gagner un verre de pralines ou des macarons collés sur une feuille de papier et que le camelot découpe en bandes suivant la quantité gagnée. Si en plus, sa mère lui donne une pièce, elle jouera aux anneaux ou aux quilles ou à la planche à trous ou... enfin, elle verra le moment venu, mais cette perspective l'excite joyeusement. Armance compte y rencontrer Élias, mais chut...

Elles arrivent à la ferme alors que le soir tombe. Dans la salle, le feu qui meurt dans la cheminée éclaire à peine la table où le père et le fils ont pris place. Bastien adresse à ses sœurs un petit signe de la tête. Leur mère trempe la soupe de légumes odorante et leur sourit sans arrêter son geste. L'air est lourd. Tous connaissent les colères du père, contre lesquelles le silence est la meilleure arme. Assis à un bout de la table, il ne lève pas le nez de son assiette fumante et grogne :

« Z'êtes en retard. »

En présence de ses filles, il fait un effort pour parler français, histoire de leur montrer qu'il n'est pas plus bête qu'elles, mais le patois revient naturellement émailler ses propos, et après avoir dégluti bruyamment, il enchaîne :

« Z'avez lambiné dins la croza[1] ?

— Non, père, assure Méline, c'est le contremaître qui nous a retenues.

— Va, saurei pas dire si c'est tellement rentable de travalhar à la fabrica. Aqui, manca de bras. Armance est solida quasi coma Bastien... et Méline gagne ren de toute façon[2]. »

Armance lance un regard désespéré à sa mère. Elle ne veut pas travailler aux champs, surtout avec son père. Souvent, il l'oblige à s'absenter de l'usine au moment des foins ou de la moisson pour qu'elle l'aide et il la gronde constamment. Elle n'est pas assez rapide, elle ne sait pas s'y prendre. Jamais il n'est satisfait, jamais elle ne reçoit une pièce, ni même un remerciement, ni un geste d'affection.

« Louis, nous en avons déjà discuté, Armance préfère la fabrique et..., intervient sa mère.

— C'est point elle qui commande ! s'écrie son mari en tapant du poing sur la table.

— Bien sûr, mais son salaire est utile pour payer les impôts et...

— Surtout per fare su trocel, hein ? Elle sera bientôt mieux dotée qu'una princèssa pendant que je

---

1. « Vous avez lambiné en chemin ? »
2. « Je me demande si c'est tellement rentable de travailler à la fabrique. Ici, je manque de bras. Armance est presque aussi forte que Bastien... et Méline ne gagne rien de toute façon. »

m'échine avec Bastien pour vous nurrir ! Bastien, ilo non ei un tire au flan... Me pensavo que... per en finir, amo mai quesar, fan de pié[1] !

— Montez vous coucher, les filles, dit leur mère pour écourter la discussion.

— C'est ça, c'est ça, râle encore le père, an totjorno soem, las feneiantas[2] ! »

Elles finissent rapidement leur assiette et montent dans le grenier où elles ont chacune une paillasse. Le luxe après la semaine dans le dortoir de la fabrique !

« Qu'est-ce qu'il a encore le père, ce soir ? se désole Méline.

— Fais pas attention, demain ça ira mieux, dors », assure Armance.

Allongée dans le noir, Armance réfléchit. Pourquoi le père en a-t-il toujours après elle ? Bon d'accord, il préfère Bastien parce que c'est un garçon, mais tout de même... elle n'a pas l'impression d'être une fainéante. Heureusement qu'elle ne rentre pas tous les soirs à la maison, elle ne supporterait pas ces éternelles discussions.

Leur mère vient les embrasser et en profite pour bavarder avec l'aînée.

« Armance, tu connais le caractère de ton père, il s'emporte pour un rien, mais ne lui en veux pas, c'est

1. « Et surtout pour lui faire son trousseau, hein ? Elle sera bientôt mieux dotée qu'une princesse pendant que je m'échine avec Bastien pour vous nourrir ! Bastien, lui au moins, c'est pas un tire-au-flanc. Quand je pense que... enfin, j'aime mieux me taire ! » (Avec un juron en patois.)

2. « C'est ça, c'est ça, elles ont toujours sommeil, ces fainéantes ! »

un brave homme et sans lui... enfin, c'est de l'histoire ancienne...

— Autrefois, tu me disais que j'étais trop petite pour comprendre, mais que plus tard, tu m'expliquerais, je suis grande à présent et...

— Oui, mon Armance, tu deviens une belle jeune fille, mais ça m'ennuie de te raconter tout ça... et puis, ça n'a plus d'importance à présent et...

— Dis, maman, on pourra aller à la fête à Privas, demain ? demande Méline qui s'était assoupie, mais que le murmure de la conversation a tirée du sommeil.

— Je ne crois pas que ce soit possible. Votre père et Bastien vont faucher le champ du haut et j'ai besoin d'un coup de main pour installer le taulier[1]. Cette année, j'avais acheté une demi-once de graines[2] à la foire de Privas, de la bonne graine qui a hiberné à Notre-Dame des Neiges. Maintenant, mes vers ont éclos et sont dans un panier à côté de la cheminée, mais d'ici quelques jours, il leur faudra cent fois plus de place. On enlèvera vos paillasses et jusqu'en juillet vous dormirez en bas...

— Oh ! dommage ! j'aurais bien aimé..., se lamente Méline.

— Ah, ma fille, on n'a guère le temps pour le plai-

1. Ensemble des étagères de bois formées de planches juxtaposées destinées à supporter les vers à soie.
2. Équivalant à quinze grammes environ d'œufs de vers à soie. Il y a environ vingt mille œufs dans une demi-once.

sir... et puis inutile d'agacer les hommes en allant à la fête pendant qu'ils travailleront.

— Maman, à propos, il paraît qu'au moulinage de Saint-Julien, M. Blanchon paye bien et même qu'on peut y apprendre à lire. Plusieurs de mes amies vont s'y faire engager, dit Armance.

— Pas toi, Armance, pas toi ! bredouille sa mère.

— Mais pourquoi ? J'aimerais tant savoir lire et écrire ! s'étonne Armance.

— Dans notre vie, ça ne sert à rien et puis Saint-Julien est trop loin et...

— La distance ne m'effraie pas et, si c'est pour gagner plus et aller à l'école, je...

— N'insiste pas, Armance. De toute façon, ton père ne voudra pas. Tu es très bien chez M. Chaboux.

— Pas du tout, les draps sont sales, on est trois par lit, la gouvernante est méchante et..., se plaint Méline.

— C'est comme ça partout et estime-toi encore heureuse d'apprendre un métier ! ajoute sa mère.

— Flavie m'a raconté que chez M. Blanchon, l'usine était moderne, qu'il y avait un grand parc, que le dortoir était propre et que..., reprend Méline.

— Ça suffit ! crie leur mère, je ne veux plus en entendre parler. Dormez vite, j'aurai besoin de vous demain. »

Dès que leur mère est redescendue, Méline interroge sa sœur :

« Mais qu'est-ce qui lui a pris de s'énerver comme ça ?

— Je ne sais pas. Elle est fatiguée sans doute. Nous lui reposerons la question dans quelques jours.

— On pourra pas aller à la fête. Dommage ! grommelle la petite qui s'endort déjà.

— Oui, dommage... », lui répond Armance qui pense à Élias.

6

Dimanche après-midi, Armance et Méline ont aidé leur mère à installer les étagères dans le grenier pour les vers à soie, puis Juléva leur a préparé le panier pour la semaine. En avril, le jardin n'a encore rien donné et les récoltes de l'automne sont loin. Elle met des pommes de terre qui commencent à germer, des châtaignes séchées, des oignons et un fromage, puis elle embrasse les filles en leur recommandant de ne pas s'arrêter en chemin. Sur le pas de la porte, elle agite la main jusqu'à ce qu'Armance et Méline disparaissent derrière le bosquet de chênes. Les fillettes marchent rapidement. Elles n'arriveront pas avant la nuit, d'autant que de gros nuages noirs ont caché le soleil et que le ciel s'est assombri.

« Va-t-y avoir un orage », prédit Armance le nez en l'air.

Comme si le ciel l'avait entendue, un coup de tonnerre éclate au loin, puis roule entre les montagnes.

« Dépêchons-nous ! » lance Méline.

Elles courent sur le sentier caillouteux, mais le panier qu'elles ballottent à bout de bras les gêne.

« Attention ! On perd des patates ! s'exclame Armance qui se baisse pour ramasser sous un roncier quelques pommes de terre vagabondes.

— Oh, là, là ! on va prendre une de ces saucées ! » s'écrie Méline.

Les éclairs zèbrent le ciel. Le tonnerre éclate. Sec. Les oreilles en bourdonnent. Les gouttes tombent, grosses, serrées, crépitent sur les feuilles, rebondissent sur les cailloux du sentier. En une minute, les fillettes sont trempées.

« J'ai peur ! souffle Méline.

— Moi aussi, assure Armance, mais il n'y a aucune maison sur ce chemin et faut surtout pas s'abriter sous un arbre.

— On va se noyer..., gémit la petite.

— Ne dis pas de... »

Un coup de tonnerre lui coupe la parole. Elles sont juste sous l'orage. Éclairs et tonnerre se succèdent sans trêve. Méline se met à pleurer. Armance ne sait plus quoi faire. Elle a envie d'abandonner son panier et de courir droit devant, simplement pour avoir la sensation de fuir le danger et non de rester dessous sans réaction... mais laisser perdre les provisions de la semaine est impensable... Elle aussi a envie de pleurer. Il ne faut pas. Elle doit se montrer forte pour Méline. La pluie leur colle les cheveux sur le visage et le cou, ruisselle le long de leurs jambes. Le chemin est devenu un véritable torrent sur lequel elles trébuchent et glissent en se retenant aux branches basses des arbres.

« Mon sabot ! » crie Méline, le doigt pointé vers son sabot qui dévale la pente, emporté par le courant.

Armance lâche le panier dont le contenu se répand, elle court, se tord la cheville et récupère un peu plus bas le sabot arrêté par la racine d'un chêne. Il s'est fendu. Le père les grondera. Elles vont arriver à la fabrique après la fermeture du dortoir, et elles devront compter sur leurs amies pour les nourrir toute la semaine. C'est trop ! Armance n'en peut plus. Elle se laisse tomber sur le talus et pleure.

« AR... MAN... CE ! AR... MAN... CE ! »

Et voilà qu'elle entend des voix maintenant ! Les claquements du tonnerre ont dû lui détraquer les oreilles.

« AR... MAN... CE ! AR... MAN... CE ! »

Non. C'est bien son nom. Elle se redresse et tourne sur elle-même pour essayer de savoir au milieu du bruit de la pluie, du tonnerre, du vent, d'où vient cette voix.

« AR... MAN... CE ! AR... MAN... CE ! »

C'est une voix forte. Une voix d'homme. Son cœur

bat plus vite. Elle a soudain un espoir fou. Qui peut bien l'appeler ici, sur ce chemin ? Qui connaît son itinéraire du dimanche soir ? Elle l'a deviné. Alors elle hurle, les mains en porte-voix :

« Par ici ! par ici ! »

Et soudain Élias surgit, aussi trempé qu'elles deux. Armance éclate d'un rire nerveux et gai. Méline l'imite et Élias rit aussi de les avoir retrouvées.

« Comment êtes-vous ?... » commence Armance, interrompue par le sinistre claquement de la foudre. Elle sursaute et se retrouve contre le jeune homme. Elle va reculer, mais il referme son bras autour d'elle. Elle a moins peur.

« Je savais ben que vous deviez rentrer à Champ-la-Lioure. Nous avons vite cueilli la feuille avant l'orage et, quand le ciel s'est fâché, je m'suis dit que j'devais aller à vot'e rencontre.

— Ça, c'est une bonne idée ! lance Méline, rassurée elle aussi par la présence du jeune homme.

— Bon, ben, on va pas rester plantés sous la pluie à s'faire la conversation. Où est vot'e panier ? demande Élias.

— Par là », lance Armance en faisant un geste évasif de la main vers le couffin renversé.

Élias ramasse une à une les pommes de terre, les oignons, les châtaignes, et les remet dans le panier qu'il saisit d'une main, puis se retournant, il annonce.

« La bergerie du Pierre Simon est pas loin, on s'y abritera, en avant ! »

Elles le suivent. Armance a le sentiment qu'elle pourrait le suivre au bout du monde, mais dix minutes plus tard, la bergerie est en vue. Élias pousse la porte de bois aux planches fendues et disjointes. Le chien aboie. Les moutons bêlent et se tassent dans le fond. Pierre Simon, qui s'était assoupi sur son bâton, ordonne à Pataud de se taire, se lève et les accueille gentiment :

« Venez vite vous mettre à l'abri ! Fait pas un temps à mettre un mouton dehors, alors deux jolies demoiselles, pensez donc ! »

Méline rit et s'ébroue comme un jeune chien, de ses longs cheveux s'échappent mille gouttelettes. Elle essore le bas de sa jupe. Armance sourit. Ici, elle n'a plus rien à craindre. Dehors, le ciel peut tonner, la pluie peut bien inonder la région, elle est en sécurité, parce qu'Élias est là, parce qu'il la regarde.

« Avec la chaleur des moutons, dans une heure, vous êtes secs ! » explique le berger.

Élias prend Armance par la main et l'entraîne doucement vers une botte de foin. Ils s'assoient côte à côte. Méline se roule dans le foin pour se sécher et s'amuser. Ils l'observent en souriant.

« Vous avez intérêt à passer nuit ici, s'ra plus confortable que d'attendre l'ouverture de la fabrique à quatre heures », propose le berger.

Une nuit avec Élias ? C'est tout à fait inconvenant et, si sa mère et son père l'apprennent, ils... Armance se lève pour décliner l'offre, mais le berger reprend :

« En tout bien tout honneur, évidemment. Je s'rai là pour faire régner l'ordre... et je dors que d'un œil, comme mon chien, pas vrai, Pataud ? »

Le chien aboie à son nom. Méline se pelotonne dans la paille. Armance hésite, mais la main d'Élias serre la sienne, alors elle pose sa tête contre son épaule et ferme les yeux.

7

La semaine a repris son cours habituel, enfin pas tout
à fait. Un demi-sourire illumine en permanence le
visage d'Armance. Elle s'était promis de ne rien dire,
mais dès qu'elles « font sans », Félise, Suzel, Flavie, Victorine et Javotte se relaient pour lui arracher son secret :

« Allons, tu vas pas me faire croire que c'est le travail qui te rend si gaie ! s'exclame Flavie.

— Depuis dimanche soir, tu flottes sur un nuage,
t'es allée à la vogue à Privas ? poursuit Félise.

— J'y étais et je t'ai pas vue, continue Flavie, à mon
avis, c'est pas la vogue, c'est autre chose...

— Elle est amoureuse ! lance Javotte.

— Pas du tout ! se défend Armance en se levant
pour nouer un fil de soie.

— Oh ! tu parles trop vite, ma belle, et puis ça crève les yeux que tu as un galant ! renchérit Suzel qui se lève à son tour pour surveiller la rangée de tavelles dont elle est responsable.

— Je parie que c'est Élias qui...

— T'es une vendue ! Une pourriture ! » hurle une voix féminine venue des tables de doublage.

Les jeunes filles s'éloignent de leur banque et s'avancent dans les allées pour suivre la dispute. Rose, échevelée, rouge, donne coups de pied et coups de poing à Séraphie qui, recroquevillée sur elle-même, se protège de ses bras repliés et gémit :

« Mais qu'est-ce que t'as, Rose, t'es devenue folle ! »

Les ouvrières regardent sans oser intervenir. Rose est belliqueuse, plutôt costaud, et personne n'a envie de recevoir un mauvais coup. La gouvernante essaie de maîtriser la furie qui continue à crier :

« Séraphie m'a dénoncée ! Et j'suis renvoyée ! Dame, elle veut faire engager sa sœur à ma place !

— Point du tout ! se défend Séraphie, et pourquoi m'accuser moi ! On l'savait toutes que tu avais pris de la bourre de soie[1] pour te tisser un fichu !

— Menteuse ! Personne avait rien vu ! Et c'est pas quelques grammes de soie de mauvaise qualité qui ruineront la fabrique !

— J'te jure, Rose, c'est pas moi !

---

1. Déchets de soie.

« — Jure pas ! T'es une menteuse ! Et tu mérites... tu mérites... de mourir à p'tit feu, voilà !

— Allons, Rose, calmez-vous, lui ordonne la gouvernante à qui le contremaître vient de prêter mainforte pour tirer la jeune fille hors de l'atelier.

— Ah ! Ah ! reprend Rose, on m'fiche à la porte ! Mais j'me vengerai et, même si j'dois finir sur l'échafaud, j'te casserai la tête ! »

Le travail reprend et les langues sont aussi agiles que les doigts pour renouer les fils qui se sont cassés pendant que les filles assistaient à la dispute :

« Hou, la Rose, elle est pas commode depuis que le Mathurin l'a laissée tomber !

— Diable, quand il a eu tâté de son caractère, il a préféré prendre le large. »

Armance reste silencieuse. Cet incident lui en rappelle un autre... lorsque Rose l'a traitée de bâtarde. Le mot lui fait toujours aussi mal. Elle n'est pas mécontente que Rose quitte la fabrique. Les autres s'amusent de cet intermède. Ce n'est pas la première querelle qui éclate entre les filles. Seize heures de travail ensemble et la promiscuité des dortoirs pour certaines pendant six jours d'affilée créent des amitiés mais aussi des rancœurs.

À onze heures, les ouvrières arrêtent le travail et pénètrent en bavardant dans la cuisine où leur soupe mitonne depuis le matin. La pièce est envahie d'effluves de choux, de poireaux, d'oignons qui aiguisent leur appétit. Celles qui rentrent le soir chez

elles sortent d'un sac ou d'un panier la gamelle contenant un reste de soupe de la veille qu'elles font
réchauffer sur le fourneau. Les plus pauvres croquent
un oignon.

Victorine, Javotte et les autres orphelines vont
jusqu'à l'orphelinat tout proche où la cuisinière leur
servira un maigre repas.

Armance, Méline, Félise, Suzel et Flavie se servent
une soupe de pommes de terre, poireaux et oignons
préparée en commun le matin et s'installent avec la
quarantaine d'ouvrières autour de deux longues
tables. C'est la meilleure pause de la journée. Elles
mangent chaud et ont une heure pour se détendre.
Après le repas, les plus jeunes se rendent à la chapelle
où une religieuse leur apprend le catéchisme.

Méline y va avec quatre fillettes de son âge. Elles en
sont heureuses car la communion sera l'occasion d'une
belle fête et d'un repas un peu plus copieux qu'à
l'ordinaire.

Séraphie, perturbée par son altercation avec Rose,
tourne sa cuillère dans son bol, les yeux dans le vague.
Elle a vingt-huit ans et prépare seule sa soupe depuis
peu. Ses amies, Lina et Eugénie, viennent de quitter
la fabrique pour se marier. Séraphie n'a pas de fiancé
et aujourd'hui elle n'a pas le moral. Elle se lève et propose à deux gamines qui mordent dans un quignon de
pain sec :

« Si vous voulez ma soupe, profitez-en, j'ai pas faim,
je vais marcher dans la cour. »

Béline et Marthe se jettent sur la pitance.

Vers quatorze heures, des cris retentissent dans l'atelier. Béline et Marthe se roulent à terre en hurlant qu'elles ont mal au ventre et à la tête. Béline a un étourdissement. Armance et Félise, qui se trouvent près d'elle, la portent dehors. Elle est pâle, le nez pincé et sa respiration est à peine perceptible. Armance lui tapote les joues. Béline revient à elle et vomit.

« La soupe devait pas être bonne... Peut-être que l'gruau était moisi », suggère Félise.

Marthe vomit à son tour, soutenue par Victorine et Suzel. Les deux malades ne tiennent plus sur leurs jambes, de la sueur perle à leur front et elles gémissent sans retenue.

La gouvernante et le contremaître, attirés par l'animation et les cris, surgissent et ordonnent :

« Armance, Félise, Victorine et Suzel, aidez-nous, les autres retournez à votre travail ! On ne va pas arrêter le moulinage pour une indigestion. »

Mais les deux fillettes continuent de se plaindre et de vomir. Elles sont de plus en plus pâles et des spasmes musculaires les agitent.

« Un empoisonnement, murmure le contremaître. Vite ! Faites-leur boire de l'huile et du lait chaud, pendant que j'appelle le docteur.

— Un empoisonnement ? répète Armance, mais qui...

— Hé, pardi, c'est Rose qui a dû mett'e qué'que chose dans la soupe de Séraphie, mais Séraphie a rien mangé et a tout donné aux deux petites ! explique Félise.

— T'as raison ! Mon Dieu, pourvu qu'elles s'en sortent, ce serait trop horrible. »

Armance s'applique à faire boire aux fillettes le breuvage infect. Petit à petit, leurs tremblements cessent, et un peu de couleur revient sur leurs joues.

Lorsque le médecin arrive enfin, M. Chaboux minimise l'événement. Il assure que les deux ouvrières ont trop mangé, mais qu'elles sont parfaitement rétablies. Le médecin décide pourtant de faire effectuer une analyse, afin que, si empoisonnement il y a, la justice soit saisie.

M. Chaboux recommande la discrétion à tout son personnel, en répétant qu'il ne peut s'agir que d'une indigestion. Mais les filles ne sont pas dupes et, pendant les trois jours nécessaires pour obtenir les résultats de l'analyse, l'ambiance est morose. Les amitiés se renforcent et les inimitiés aussi. On se méfie de celle-là parce qu'elle est méchante, on soupçonne une autre de vol, on assure que Claudette fait payer ses charmes. Les rumeurs enflent et se propagent. C'est si excitant de dire du mal des autres !

Enfin, trois jours plus tard, les gendarmes se présentent à l'usine pour une enquête.

« Il y avait de l'acide arsénieux dans la soupe, dit l'un d'eux, nous sommes chargés de l'enquête.

— Mais puisque Marthe et Béline vont bien ! s'insurge le moulinier.

— Il y a eu tentative de meurtre, donc il y a enquête. J'espère, monsieur Chaboux, que vous n'avez pas l'intention d'entraver le cours de la justice ?

— Non, non, messieurs, faites votre travail », répond le moulinier en partant s'enfermer dans son bureau.

Tout ce remue-ménage va nuire à la réputation du moulinage, et si le fait s'ébruite jusqu'à Lyon, il risque de perdre des clients, sans compter les heures pendant lesquelles les gendarmes vont interroger le personnel et le temps passé en bavardage... Il va y laisser des plumes, c'est certain.

L'enquête est brève. Séraphie est rapidement mise hors de cause et Rose est arrêtée, mais dans la fabrique, la psychose de l'empoisonnement s'est installée. On n'ose plus laisser son pot de soupe sur le fourneau sans surveillance et chacun se souvient d'une vieille querelle, d'une vieille rancœur qui pourrait donner lieu à une vengeance.

Armance l'explique à Élias le samedi soir lorsqu'elle le rencontre sur le chemin qui la conduit chez elle :

« C'est plus possible, tu comprends... j'ai peur... c'est bête, mais j'ai toujours l'impression que ma première cuillerée de soupe a un goût bizarre.

— Dans qué'ques jours, t'y penseras plus.

— Pas sûr..., intervient Méline.

— Et puis, j'ai envie d'aller travailler à Saint-Julien. Il paraît que c'est dix fois mieux qu'à Champ-la-Lioure, continue Armance.

« — C'est toujours la fabrique. Moi, j'supporterai pas d'être enfermé tout l'jour, j'aime travailler au grand air. Après la saison des vers à soie, j'ferai les fruits puis les vendanges et les...

— Armance, faut y aller, maintenant, sinon le père va encore te gronder, l'interrompt Méline.

— J'arrive. Avance un peu, je te rejoins. »

Méline fait quelques pas. Elle sait bien que sa sœur l'éloigne pour rester seule avec Élias. Elle se retourne. Qu'est-ce qu'elle disait ? Ils se tiennent les deux mains sans se quitter des yeux ! Ah, les amoureux !

8

Armance raconte toute l'affaire à sa mère, pendant qu'elles étalent les feuilles de mûrier sur les planches qui grouillent de vers à soie. Il fait chaud dans le grenier et l'air est empesté par l'odeur des vers et des feuilles.

« Comment ça ? s'inquiète la mère, un empoisonnement ?

— Oui. Et nous... on n'est plus tranquilles du tout, commente Méline.

— La fabrique de M. Chaboux n'est pas sûre. Pendant la journée, personne ne surveille la cuisine et, parmi les grandes, certaines sont des filles qui... que... enfin des filles de mauvaise vie, et il paraît aussi que les garçons qui travaillent au moulin ne sont pas recommandables, continue Armance.

— Holà, ma fille, que t'arrive-t-il pour dénigrer ainsi la fabrique ? Je croyais que tu t'y plaisais.

— J'aime le travail, mais Champ-la-Lioure me fait peur. Je veux aller ailleurs.

— Ah ! nous y voilà ! » lance la mère en mettant les deux poings sur les hanches.

Armance rougit. Elle avait fait la leçon à Méline pour que toutes les deux noircissent un peu l'événement afin de décider leur mère à les inscrire à Saint-Julien. Ce n'est pas le moment de perdre leur avantage et Armance poursuit :

« À Saint-Julien, il y a une cuisinière et la cuisine est grande avec des fenêtres et les dortoirs aussi ont des fenêtres et les paillasses sont changées souvent et les draps tous les mois et...

— Arrête ! crie leur mère en levant la main comme si elle allait frapper sa fille, Saint-Julien n'est pas mieux qu'ailleurs !

— En tout cas, moi, je crève de peur... et j'ai plus du tout envie de retourner à Champ-la-Lioure, ajoute Méline.

— N'exagérez pas, cette Rose a été conduite à la prison de Privas, alors il n'y a plus rien à craindre. Au fait, elle s'appelle Rose comment ?

— Rose Mounier.

— Mounier ? répète la mère en pâlissant.

— Tu connais peut-être sa mère. Il paraît que vous avez travaillé ensemble autrefois à Saint-Julien.

— Je ne m'en souviens pas..., répond Juléva.

— Tu as travaillé à Saint-Julien, maman ? interroge Méline.

— Oui. Lorsque j'étais jeune..., avoue Juléva à regret.

— Et c'était pas bien ?

— Non. C'est pour ça que je ne veux pas que vous y alliez.

— Tu es restée longtemps ? continue Armance qui voudrait en savoir plus sur le passé de sa mère, mais qui n'ose pas la questionner franchement.

— Jusqu'à ce que je me marie avec votre père.

— Et... tu l'as connu comment, papa ? poursuit Armance d'une voix qui tremble un peu.

— On ne parle pas de ces choses-là ! lâche la mère en s'absorbant à nouveau dans le changement de la litière des vers.

— Pourquoi ? demande innocemment Méline.

— Ça ne regarde pas les enfants. Chacun sa vie. Allez, il est l'heure de donner à manger aux poules, tu y vas, Armance ? »

Armance obéit. Elle a compris que les réponses à ses questions se trouvaient à Saint-Julien, mais comment y aller sans l'accord de ses parents ?

9

À l'automne, M. Chaboux débauche une partie de son personnel. Les commandes des soyeux de Lyon sont moins importantes qu'il ne l'espérait et il préfère ralentir la production. Rien de plus facile. Il lui suffit de renvoyer quelques ouvrières. Lorsque les commandes afflueront, il n'aura aucun mal à retrouver de la main-d'œuvre. Une par une, les ouvrières sont appelées dans son bureau, il leur remet leur dû et leur livret de travail. La plupart des filles ne sont pas mécontentes, les vendanges débutent, puis ce sera les châtaignes et elles trouveront sans peine à s'engager. Ça les changera du moulinage.

Armance, Méline, Félise, Suzel et Flavie font partie des vingt filles qui doivent quitter la fabrique.

Le moulinier garde les petites de l'orphelinat. Armance est triste de quitter Victorine et Javotte, mais être renvoyée de Champ-la-Lioure lui donne un goût de liberté ! Suzel a appris que M. Blanchon embauchait. Armance ne va pas laisser passer cette chance.

Comme tous les samedis, Élias l'attend sur le chemin qui la conduit chez elle. Armance lui fait part de son projet.

« Ça tombe bien, j'vais faire les vendanges dans ce coin-là, on s'verra plus souvent ! » répond le jeune homme.

Le soir même, Armance expose la situation à ses parents. Son père fume la pipe devant la cheminée. Ses mains tremblent et, malgré l'odeur du tabac, son haleine sent le vin. Il est rentré tard du marché. Sa mère file la blaze de soie qu'elle a ôtée des cocons. Les cocons, il y a longtemps qu'elle les a vendus au courtier de passage ! C'était une bonne récolte. Bastien sculpte un bâton et Méline joue avec la chatte Minette.

« Doncas, n'i a mai travalh à Champ-la-Lioure[1], conclut le père en soufflant un nuage de fumée bleutée.

— C'est ça, père.

— Mas embaucara l'an que ven, beleù ben[2] ? s'informe-t-il.

— Peut-être, mais c'est pas sûr, ça dépendra des commandes...

---

1. « Donc, y a plus de travail à Champ-la-Lioure. »
2. « Mais il rembauchera peut-être l'année prochaine ? »

— En attendant, vous pouvez ben esta aqui, i a travalh per vosautri dose[1]...

— Et cet hiver, on ne saura pas à quoi les occuper, l'interrompt la mère.

— Oui... si pasan lo jorn sans fare ren[2]..., marmonne-t-il en se penchant vers l'âtre pour rallumer sa pipe à un tison d'un geste maladroit.

— Il paraît qu'on embauche à Saint-Julien, lance Armance.

— Saint-Julien ! jamais ! crie le père.

— Armance, je t'ai déjà expliqué que ce n'était pas possible, reprend Juléva plus doucement.

— Que as esplicat[3] ? s'énerve le père.

— Rien, rien... enfin, je lui ai dit qu'à Saint-Julien, la fabrique n'était pas mieux qu'ailleurs et que je ne voulais pas qu'elle y aille...

— Ei verai, le Blanchon ei un ome de ren, un ome que... un ome sans onor... un ome aprofita[4]..., s'emporte le père en agitant sa pipe et en se levant pour faire les cent pas devant la cheminée.

— Louis, je t'en prie, le calme son épouse.

— J'dis des menteries beleu ? Ausa dire que son menteries[5] ?

— Non, tu as raison, mais...

---

1. « En attendant, vous pouvez très bien rester ici, il y a du travail pour vous deux et... »

2. « Oui... si elles tournent toute la journée sans rien faire... »

3. « Qu'est-ce que tu lui as expliqué ? »

4. « C'est bien vrai, le Blanchon, c'est un homme de rien, un homme que... un homme sans honneur... un homme qui profite... »

5. « Je dis des mensonges peut-être ? Ose dire que ce sont des mensonges ? »

— Ah, ah ! Y a quand même un "mais" … Moi, j'suis juste bon à reparar les bichas cassats ! À m'escachiner pour vous nurrir tous[1] !

— Louis, voyons… »

Armance, Méline et Bastien se font tout petits pour éviter que l'orage ne s'abatte aussi sur eux. Louis semble réfléchir en tirant sur sa pipe, puis il reprend :

« Oh, pus, si Armance vol anar travalhar ès Blanchon, perqué pas[2] ?

— Louis ! Tu ne parles pas sérieusement ? s'inquiète Juléva.

— Si. La vià ei devengut de mai en mai dura, et trèi bochas a nurrir ei pas comode… Doncàs si vol allar à Saint-Julien, vaille ei pas moi qui la chasse, ei elle que vol filar[3]. »

Juléva se tait. Elle lance un œil noir de reproche vers Armance qui baisse la tête, puis elle se concentre sur les fils de soie qu'elle torsade et enroule sur le fuseau, mais sa main n'est plus aussi sûre et, après quelques minutes où le silence pèse sur la pièce, elle pose l'ouvrage sur sa chaise, renifle et sort. Armance se lève et la suit :

« Maman, excuse-moi, je ne voulais pas…, murmure-t-elle.

---

1. « Ah, ah ! Y a quand même un "mais". Moi, j'suis juste bon à réparer les pots cassés ! À m'escachiner pour vous nourrir tous ! »
2. « Et puis, si Armance veut aller travailler chez Blanchon, pourquoi pas ? »
3. « Si. La vie devient de plus en plus dure, et trois bouches à nourrir, c'est plus possible… Alors si elle veut aller à Saint-Julien, qu'elle y aille, c'est pas moi qui la chasse, c'est elle qui veut partir. »

— Après tout, Louis a peut-être raison... il est temps pour toi de... de choisir ta vie.

— Mais que s'est-il passé au moulinage Blanchon pour que je n'aie pas le droit d'y aller ? s'inquiète Armance.

— Je ne peux pas te le dire, Armance, c'est... au-dessus de mes forces. J'y ai été heureuse, et puis j'ai beaucoup souffert... mais il m'est impossible de t'en parler... parce que ça me fait honte... et ça... ça... c'est... insupportable ! termine Juléva en sanglotant.

— Maman... maman..., répète doucement Armance. Je ne savais pas, mais si tu préfères, je n'irai pas, je trouverai du travail ailleurs, les moulinages et les filatures ne manquent pas dans la région.

— Non, Armance. Je crois que, pour toi, le moment est venu. Seulement, Méline ne viendra pas avec toi. Elle est trop jeune. Je la garde ici encore un an ou deux. Elle m'aidera pour l'éducation des vers à la prochaine saison. Plus tard, suivant la tournure des événements, on avisera. »

10

Il y a trois mois qu'Armance travaille à la fabrique de Saint-Julien, mais le jour de son arrivée reste gravé dans sa mémoire.

Elle s'était arrêtée sitôt le majestueux portail franchi et était restée bouche bée. Devant elle, un vaste parterre de fleurs bien entretenu. En son centre, jaillissait un jet d'eau puissant dans un bouillonnement d'écume et un gazouillis rafraîchissant. Sur la gauche, un massif d'arbres aux larges feuilles vernissées. Elle n'en avait jamais vu. Les anciennes lui apprirent qu'il s'agissait de magnolias. Plus loin, des arbres à épines qui ne sont pas des sapins, et dont les reflets bleus l'étonnèrent : des cèdres et des séquoias. Autant de beauté, de verdure luxueuse dans une fabrique ? Elle a cru s'être trompée et être entrée par inadvertance dans une riche propriété. Indécise, elle avait reculé de quelques pas, jusqu'à lire sur le fronton au-dessus du portail : A. BLANCHON. Elle avait donc contourné le parterre fleuri et avait levé les yeux vers les bâtiments. Rien de comparable avec la rudesse de Champ-la-Lioure. Ici, c'était presque... un château. La façade est longue, harmonieuse, éclairée de larges fenêtres. Un vaste perron conduit à l'entrée principale.

Le contremaître, M. Florent, l'avait reçue dans un bureau aux lourdes tentures ocre et aux meubles d'acajou. Il avait examiné son livret de travail et, sans la regarder, avait énoncé :

« Tu t'appelles Armance Platard et tu es née le 8 avril 1834.

— Oui, monsieur.

— À Champ-la-Lioure, tu étais aux banques de dévidage, mais je manque de personnel au doublage et tu es en âge d'y travailler. Tu feras un essai. Tu gagneras dix-huit francs par mois. Ça te convient ?

— Oh, oui, monsieur ! »

Dix-huit francs par mois ! Presque la fortune ! Sans compter que le travail du doublage est plus intéressant, moins monotone.

Tout de suite, elle s'était plu chez M. Blanchon, Suzel et Flavie, engagées en même temps qu'elle, aussi. Et toutes les trois n'arrêtaient pas de faire des comparaisons entre Champ-la-Lioure et Saint-Julien. Saint-

Julien gagnait à tous les coups et les trois filles en riaient d'aise. Ah ! Quel heureux jour celui où M. Chaboux les avait mises à la porte !

Comme on le leur avait dit, le dortoir est clair, aéré, les paillasses sont changées deux fois par an et les draps tous les deux mois et elles ne sont que deux par lit. La cuisine est vaste, avec de grandes fenêtres, et une cuisinière s'occupe des fourneaux et des soupes. On accède au dortoir par un escalier extérieur, ce qui donne un semblant de liberté.

La première semaine, pendant les pauses, Armance et ses amies explorèrent le parc réservé au personnel. Elles jouèrent sur les balançoires, poussèrent le tourniquet où s'entassaient les gamines de huit ans et se pendirent à la corde du « pas de géant ». Ah ! si Méline était là ! La petite avait été triste de voir partir sa sœur, mais Armance lui avait promis de décider leur mère à l'inscrire à la fabrique.

Le samedi soir, Armance avait rencontré Élias qui l'attendait sur le chemin, les mains rougies par le suc de raisin. Il vendangeait sur le coteau de la famille Desgros. Tout en marchant, Armance lui raconta sa semaine d'une voix enthousiaste :

« ... Et je vais apprendre à lire, à écrire et à compter, avait-elle ajouté.

— Ah ? C'est guère utile tout ça, vaudrait mieux

apprendre à faire les fromages, à rapetasser, à tenir la charrue. »

Armance avait souri. Ah, les hommes !...

À la maison, sa mère lui posa peu de questions. Elle demanda simplement :

« Ta semaine s'est bien passée ?

— Oui, maman. Tu sais, chez M. Blanchon, c'est vraiment le paradis.

— E ès nosautri, ei enfèrn[1] ? riposta son père.

— Non, bien sûr, mais si tu voyais la fabrique et le parc comme c'est beau !

— Belou ei ben beu, mas le maistre ei una sala bestia[2].

— Ce n'est pas possible, tu dois faire erreur. Un patron qui met un parc à la disposition de ses ouvrières ne peut pas être un sale type.

— Ah ! trompa ben le monde[3] ! » s'énerva le père.

Juléva était intervenue pour interrompre la conversation en annonçant que la soupe allait refroidir.

Armance a du mal à comprendre l'animosité de son père envers M. Blanchon. À la fabrique, on voit peu le moulinier. Il traverse de temps en temps les ateliers d'un pas lent et mesuré, vêtu d'une redingote noire sur un gilet de soie noire. Le col de la chemise blanche

1. « Et chez nous, c'est l'Enfer ? »
2. « C'est peut-être bien beau, mais le propriétaire est un sale type. »
3. « Ah ! Il trompe bien son monde ! »

dépasse de la cravate de soie sauvage grise, ornée d'une épingle d'or. Il s'arrête devant une banque, échange quelques mots avec un contremaître, prend un roquet en main, lisse du doigt le fil de soie, le tire entre le pouce et l'index et l'observe à la lumière. Toujours lorsqu'il s'approche des banques, il lance un : « Bonjour, mesdemoiselles » et les filles répondent en chœur : « Bonjour, monsieur Armand ». Armance a rapidement appris que M. Blanchon souhaitait que son personnel l'appelle « Monsieur Armand ». Elle a aussi appris que sa femme et son fils étaient morts du choléra lors d'un séjour à Marseille chez une tante. M. Armand avait été long à se remettre de ce deuil et, pendant toute une année, M. Florent avait assuré seul la bonne marche de la fabrique. M. Armand commence juste à reprendre les rênes, mais ce n'est plus comme avant. Il a perdu le goût du travail et il est toujours triste.

Armance s'était promis de chercher à élucider rapidement le mystère qui semblait lier sa famille à la fabrique de Saint-Julien. Mais comment s'y prendre ? Où chercher ? et surtout que chercher ? Elle n'ose pas interroger les anciennes ouvrières, et puis, si tout à coup l'une d'elles lui lançait le mot cruel : « bâtarde ! ». Le présent est si agréable que le courage lui manque pour enquêter sur son passé. Plus tard, peut-être...

Dès son arrivée, la gouvernante avait informé Armance qu'on pouvait, à la fabrique même, apprendre à lire et à écrire. Un instituteur vient tous les midis dispenser son enseignement dans une pièce attenante à la cuisine. C'est un jeune homme sorti de l'École normale de Privas et qui, en poste à l'école de Saint-Julien, arrondit ses fins de mois en venant effectuer une heure de cours au moulinage. Monsieur l'inspecteur ferme les yeux sur cette entorse au règlement. C'est la seule façon d'alphabétiser ces enfants sans qu'un abbé ou un pasteur s'en mêle et en profite pour endoctriner ces jeunes cerveaux. Bien sûr, l'enseignement n'est pas gratuit et le moulinier retient deux francs par mois sur le salaire des élèves-ouvrières qu'il reverse ensuite à l'instituteur.

Armance était prête à sacrifier deux francs pour qu'on lui apprenne à lire, mais elle avait dépassé l'âge, l'enseignement étant réservé aux fillettes de moins de douze ans. Le contremaître n'avait pas voulu céder, argumentant que, s'il accordait l'autorisation à une, trente filles viendraient s'inscrire et qu'un précepteur n'y suffirait pas. Têtue, Armance avait demandé à être reçue par M. Armand.

Elle se souvient parfaitement de l'entrevue. Elle tremblait un peu en entrant dans le bureau. C'était autrement plus impressionnant de parler seule à seul avec son patron que de lui lancer à la cantonade : « Bonjour, monsieur Armand. »

Elle avait donc murmuré en franchissant le seuil un timide :

« Bonjour, monsieur Armand.

— Entre, petite, et explique-moi ce qui t'amène. M. Florent m'a dit que c'était au sujet de l'école.

— Oui, monsieur, je voudrais apprendre à lire, à écrire, à compter et il paraît que je suis trop vieille.

— Quel âge as-tu ?

— Quinze ans...

— Ah !... quinze ans... » Et son regard se perdit dans le vide.

Armance en profita pour examiner rapidement la pièce : deux hautes fenêtres encadrées d'épais doubles rideaux verts, sur tout un mur, une bibliothèque pleine de livres. Un bureau sur lequel s'entassaient des dossiers, des feuilles, des chemises dans un équilibre précaire et un vase sans fleurs dans un angle. Puis, la jeune fille osa dévisager le moulinier. Il n'était pas vieux, moins âgé que son père. Il devait avoir entre trente et trente-cinq ans. Quelques cheveux blancs argentaient ses tempes, mais surtout il avait un visage las et le front barré de rides. Ses yeux étaient verts, enfoncés sous des sourcils épais. M. Armand soupira, puis fixa à nouveau Armance et ajouta :

« Et... tu ne sais pas lire ?

— Non, monsieur, répondit Armance en rougissant de son ignorance.

— As-tu vraiment envie d'apprendre ou est-ce simplement pour t'amuser, rire des petites, ou te pavaner devant les autres ?

— Oh, non, monsieur, je suis sérieuse et je voudrais

vraiment savoir lire et aussi compter... je crois... enfin, il me semble que c'est important... et que... c'est pas normal que les filles sachent rien...

— Tu as raison. Ta réponse me plaît. Je t'autorise à suivre les cours, mais je t'avertis, je demanderai tes résultats au précepteur, si tu ne travailles pas, tu n'auras plus le droit d'assister au cours.

— Oh, merci, monsieur Armand, je ferai tout mon possible.

— Au fait, comment t'appelles-tu, petite ?

— Armance, monsieur, Armance Platard.

— Armance... », murmura le moulinier pendant qu'elle quittait le bureau.

11

Un nouveau printemps fait jaillir des mûriers les feuilles vert pâle pour nourrir les jeunes vers. À la fin de sa période d'essai, Armance est devenue doubleuse, comme le lui avait promis le contremaître. Suzel et Flavie travaillent dans la même travée. Bavardages et confidences continuent lorsque deux, trois ou quatre fils des tavelettes s'enroulent sagement sur les roquets.

Après le repas de onze heures, il y a l'heure sacrée de l'étude. Albin Clair ne tarit pas d'éloges sur la jeune fille. Elle a l'esprit vif et une telle volonté qu'elle apprend deux fois plus vite que des gamines qui ne viennent là que sur ordre de leurs parents mais qui s'ennuient à dessiner les lettres et à compter des bûchettes. Armance lit et écrit correctement. En six mois, elle a appris ce que les autres mettent un an à retenir.

Pour assister à ce cours, elle ne fait plus de pauses à huit heures et à trois heures. Ses amies se moquent gentiment d'elle :

« Hé, Armance, tu veux donc devenir savante ? lui lance Suzel.

— Et à quoi ça te servira lorsqu'il faudra torcher ta niaa[1] et donner à manger aux cochons ? plaisante Flavie.

— Vous n'avez pas tort, mais j'aime apprendre ! répond Armance.

— C'est du temps perdu et sacrifier deux récréations pour récupérer une heure d'étude, je pourrais pas ! ajoute Suzel.

— C'est vrai, tu ne viens plus avec nous aux balançoires et tu n'as même pas vu les transformations que M. Armand a fait exécuter dans le parc. Il paraît que c'est un pay... un paygi..., explique Flavie.

— Un paysagiste de Lyon ! rectifie Suzel.

— Oui, c'est ça ! Tu te rends compte s'il doit avoir des picailhons[2], M. Armand ! Il y a une grande pièce d'eau avec une île au milieu et un petit pont qui enjambe le ruisseau... La gouvernante a dit que c'était un pont japonais... Quelle drôle d'idée, mais c'est d'un chou !

1. « Tes enfants. »
2. Sous.

78

— Je vous promets d'aller jeter un coup d'œil sur toutes ces merveilles, dès que j'ai une minute. »

Le soir, lorsqu'elle quitte le travail à huit heures, Armance avale rapidement sa soupe et reste longtemps sur un coin de table à écrire et à compter. La gouvernante n'est pas méchante et lui laisse une bougie en lui recommandant :

« Armance, quand tu auras terminé, n'oublie pas d'éteindre la bougie et de fermer la porte. »

Elle travaille souvent jusqu'à minuit et a bien de la peine à se lever tous les matins à quatre heures.

Lorsqu'elle rentre chez elle, le samedi, elle emporte dans son panier vide un cahier et un livre que lui prête M. Clair. En chemin, elle rencontre toujours Élias qui, après les vendanges et la saison des châtaignes, a repris, au printemps, son travail à la magnanerie Rioux. Cette rencontre n'est pas due au hasard. Ils ont rendez-vous à la croix de Maloza vers cinq heures. Le premier arrivé attend l'autre. Mais, depuis quelques mois, ce n'est plus pareil. Élias supporte mal qu'Armance sache lire, écrire, compter et veuille même apprendre encore. Lui sait signer son nom. C'est suffisant.

« À quoi ça t'servira d'être si savante ? lui demande-t-il.

— À rien de spécial, c'est pour mon plaisir, pour lire des livres et puis savoir faire les comptes et...

— On n'a pas le temps de lire dans une ferme, et j'aimerais pas une femme qui m'en remontre.

— Tu parles comme mon père ! réplique-t-elle, fâchée.

— Ton père a raison, passe encore que les garçons aillent à l'école, mais pour les filles, c'est inutile. Regarde, moi j'y suis jamais allé et j'm'en porte pas plus mal. »

À la maison, elle a droit aux mêmes réflexions et, chaque fois qu'elle ouvre un livre, son père lui ordonne :

« Vai bailar la mon a tu frire, a copar de boès, vai querre d'aiga, resta pas sans fare ren, ia chaucetas a petaçar[1] ! »

Elle range son livre, mais le soir, elle lit à haute voix, allongée sur sa paillasse, des contes et légendes qui ravissent Méline. Leur mère les rejoint au grenier et encourage Armance :

« C'est bien de vouloir s'instruire...

— Toi aussi, maman, tu sais lire, écrire et compter.

— Oui. Mes parents voulaient que je devienne "quelqu'un", ajoute-t-elle en riant, et puis... et puis, finalement, je me retrouve à tenir une ferme, alors tu vois, la vie nous joue des tours parfois... Mais savoir lire, écrire, compter, nous rend bien service et de nos jours, c'est indispensable. D'ailleurs, j'ai réussi à convaincre ton père de mettre Méline à l'école pendant l'hiver. Ça n'a pas été sans mal, mais j'ai tenu bon.

---

1. « Va aider ton frère à couper du bois, va chercher de l'eau, reste pas sans rien faire, y a des chaussettes à repriser ! »

Il veut bien qu'elle y aille jusqu'à dix ans, après ce sera la fabrique, comme toi. »

Juléva n'a jamais tant parlé de son enfance. Armance n'ose pas la questionner plus, mais l'appui de sa mère la réconforte.

Maintenant, chaque samedi soir et chaque dimanche après-midi, sur le chemin du retour, c'est la même discussion avec Élias. Armance en est peinée. Elle qui attendait ces rendez-vous avec impatience, elle les redoute à présent. Est-ce que cette semaine, elle réussira à convaincre Élias de l'importance des études ?

Il l'attend à la croix de Maloza. Et comme s'il avait longuement ruminé sa phrase, il lui lance, après un baiser furtif :

« Écoute, Armance, tu dois arrêter de devenir trop savante, parce que... parce que je supporterai pas. Je t'aime, mais ça, je supporterai pas.

— Tu te rends compte de ce que tu me demandes, Élias ! Tu préférerais que je reste bête ?

— Ah, parce que moi, j'suis bête !

— Ce n'est pas ce que j'ai voulu dire...

— Mais tu l'as dit ! Pour toi, si on sait pas écrire des poésies, lire de gros livres et faire des comptes, on est bête !

— Pas du tout ! Mais moi, apprendre m'intéresse. Je refuse de m'arrêter si tôt, j'ai encore tant de choses à découvrir !

— Bon, puisque tu le prends comme ça, vaut

mieux se séparer tout d'suite. Je t'le répète, je supporterai pas que tu m'reproches ma bêtise... alors, adieu, Armance ! »

Élias lui tourne le dos et s'éloigne. Elle esquisse un geste pour le retenir, puis se ravise. Elle a brusquement le sentiment qu'elle ne serait pas heureuse avec lui. Il n'est pas l'homme qu'il lui faut... S'il l'aimait vraiment, il aurait dû accepter qu'elle s'instruise. Pourtant, elle revoit la nuit d'orage dans la bergerie, les bras musclés d'Élias qui l'encerclaient... Ce bonheur lui paraît lointain. Elle a changé depuis. Elle essuie les larmes qui ruissellent sur ses joues : c'est son premier chagrin d'amour.

De retour à la fabrique, sa grise mine attire les réflexions de ses amies :

« Holà ! T'as enterré le Diable ? plaisante Flavie.

— Ce serait pas plutôt qu'y a du grabuge avec Élias ?

— Tu as vu juste, ma bonne Suzel, nous nous sommes fâchés. Je crois que c'est pour toujours. Il ne veut pas que je m'instruise, explique Armance les yeux encore rougis.

— De toute façon, il est protestant, tu aurais jamais pu le marier.

— C'est vrai. Je l'avais presque oublié. Je me disais que l'amour balayerait tous les obstacles et...

— Pas la religion. Je trouvais même que tu avais du courage de te montrer avec lui, si le curé ou tes parents t'avaient surprise..., assure Suzel.

— Ben tu vois, ce n'est pas la religion qui nous sépare, mais l'instruction, et je me demande si je ne préfère pas rester célibataire pour avoir plus de temps pour étudier.

— Alors là... alors là..., commence Flavie sans trouver de réponse valable.

— Tu es libre de ton choix, Armance, en tout cas, nous serons toujours tes amies, et pour Élias... tâche de l'oublier », ajoute Suzel.

12

Devant le talent et l'ardeur d'Armance, M. Clair ne ménage pas ses efforts. Il vient même parfois le soir pour discuter avec son élève et débattre de quelques points importants de grammaire ou de calcul, à moins que ce ne soit un prétexte pour rester avec elle plus longtemps... certainement un peu des deux.

« Ah, mademoiselle Armance, quel dommage que le certificat ait été supprimé en 1849, vous auriez eu toutes vos chances.

— Vous ne parlez pas sérieusement ?

— Si, en travaillant comme vous le faites, vous auriez été reçue l'année prochaine.

— Le certificat..., rêve Armance.

« — De toute façon, il n'existe plus, mais si vous alliez à l'école, vous apprendriez plus de choses et...

— Non, non, c'est impossible... Mes parents comptent sur mon salaire et puis, vraiment, cela ne servirait à rien...

— Comment ? C'est vous qui dites cela ?

— Oui... enfin, apprendre me passionne, mais je ne serai toujours qu'une ouvrière et plus tard... lorsque je me marierai... tout ce que j'aurai appris me sera inutile, et...

— Bien sûr, bien sûr », répète Albin Clair.

Il n'en pense pas un mot, parce qu'il a un autre projet pour Armance, mais il ne lui en a pas encore parlé. Albin est timide et n'a pas franchement une bonne situation. En qualité d'instituteur titulaire provisoire, il gagne deux cent quatre-vingts francs par mois et n'est propriétaire d'aucune terre, d'aucune masure, ce qui en fait un piètre parti. Voilà, le mot est dit : Albin souhaite épouser Armance dont il est tombé amoureux dès le premier jour. Pour l'instant, il se contente de lui apprendre à lire, à écrire, à compter, mais parfois, il effleure sa main lorsqu'il lui tend une plume, et la dévore des yeux lorsqu'elle est penchée sur son cahier.

Armance a attendu Élias plusieurs samedis de suite, à la croix de Maloza. Elle espérait le voir pour lui expliquer son choix et tenter une réconciliation. Élias n'est pas venu. Armance, le cœur un peu serré, n'a plus attendu, elle a levé les yeux sur un autre garçon, un garçon différent qui l'attire non par sa force, son rire, sa faconde, mais par son intelligence, son instruction, sa douceur et ses bonnes manières : Albin. Il a vingt et un ans, plutôt fluet, avec des mains fines, un regard de myope derrière ses petites lunettes rondes et une voix chantante et caressante pour lire les poèmes. Mais elle craint, une fois encore, de n'avoir pas fait le bon choix. Jamais un homme instruit comme lui ne se contentera d'une ouvrière de quinze ans ! Pourtant, parfois, lorsqu'il effleure son bras, elle serait tentée de penser qu'elle ne lui est pas indifférente. Allons, elle rêve trop. Elle ne se confie à personne, pas même à Suzel et Flavie qui continuent à croire que sa rupture avec Élias la rend songeuse et triste, alors que ce sont ses sentiments pour Albin qui la tracassent à présent.

M. Blanchon tient parole et s'enquiert des progrès de cette jeune fille... Armance... dont la détermination et le courage l'ont frappé lorsqu'il l'a vue, voici quelques mois.

« Mlle Platard est un excellent élément. Elle apprend vite et bien, il est dommage qu'elle ne puisse pas poursuivre une scolarité plus poussée, lui répond l'instituteur.

— Holà, jeune homme, voudriez-vous débaucher mes ouvrières ?

— C'est-à-dire que, sincèrement, Mlle Platard a toutes les qualités pour entrer dans l'enseignement... Notre département manque de maîtres, et souvent nos enfants sont confiés à des personnes qui ignorent les règles élémentaires de l'orthographe et du calcul et...

— Oui, oui, mais Mlle Platard est aussi une bonne ouvrière, le contremaître ne m'en fait que des louanges, alors... »

Albin Clair s'incline, pour l'instant, mais il reviendra à la charge. Il faudrait qu'Armance entre dans une bonne école. Ensuite, avec l'appui de M. Blanchon, ami du maire, le certificat d'instruction religieuse délivré par Monsieur le curé et bien sûr le rapport élogieux qu'il établirait, elle pourrait obtenir de Monsieur le recteur d'académie le brevet de capacité à l'instruction primaire des filles. Albin en rêve comme il rêve d'Armance. Ses deux rêves se rejoignent, il met tout en œuvre pour qu'ils deviennent des réalités...

« Vous devriez la voir... lui parler..., suggère-t-il à M. Blanchon.

— Oui, sans doute... enfin peut-être... » répond évasivement le moulinier.

M. Blanchon devrait se réjouir d'avoir dans son établissement un élément aussi sérieux, intelligent et travailleur, et féliciter la jeune fille... Peut-être même prévoir une sorte d'encouragement pour que les autres aient envie de l'imiter et fidéliser ainsi ses ouvrières. Oui, il va y songer... mais il retarde cette rencontre. Pourquoi ? Il n'en sait rien... ou plutôt si, il sait. Depuis que cette Armance aux yeux verts est entrée à son service, ce prénom trotte dans sa tête et lui cause du tracas. Armance. Curieux, non ?

13

Novembre est là. Les jours sont plus courts. Comme tous les samedis, Armance quitte l'usine vers seize heures pour retourner chez elle. Elle part avec Suzel et Flavie, mais les abandonne à Flaviac pour continuer seule sur Chomérac. Seule ? Pas longtemps. Albin l'attend à quelques kilomètres de là. La première fois, il lui a raconté qu'il effectuait des recherches botaniques pour constituer un herbier, mais comme elle le trouvait tous les samedis vers seize heures trente au pied du même platane, il a fini par lui demander la permission de l'accompagner un bout de chemin.

Il a commencé par faire quatre ou cinq kilomètres à son côté, maintenant, il l'accompagne jusque chez elle. En chemin, il lui parle de ses études à l'École normale de Privas, de la chance qu'il a eue de ne pas avoir un premier poste sur le haut plateau où l'hiver est terrible et l'été si court. Elle lui dit son bonheur de savoir enfin lire, écrire et compter. Elle lui avoue même aimer la soie, et avoir plaisir à la travailler, surtout depuis qu'elle est chez M. Blanchon, et comme il s'en étonne, elle explique :

« J'aime autant travailler de mes mains qu'avec mon cerveau et j'ai autant de joie à manipuler les fils de soie qu'à résoudre un problème. »

Il répond qu'il n'est pas du tout manuel et ne sait même pas planter un clou, ni tenir une charrue. Ils rient.

Le mois dernier, comme elle l'avait déjà fait en juillet, Armance s'était arrêtée à Champ-la-Lioure pour saluer Victorine et Javotte. Victorine n'y était pas. Elle était malade. Gravement. Le médecin, que les sœurs avaient fini par appeler parce qu'elle crachait du sang, avait diagnostiqué la tuberculose. L'humidité, le manque d'aération dans l'atelier et une alimentation trop pauvre en étaient la cause. Victorine était partie se reposer dans un autre orphelinat dans le sud, vers Avignon.

« Et elle ne travaille pas ! Toute la journée, elle reste allongée sur un fauteuil au soleil, elle mange et elle dort, avait expliqué Javotte, un rien envieuse. J'espère qu'elle guérira vite, parce qu'elle me manque.

— Je l'espère aussi, et lorsqu'elle reviendra, il faudra venir chez M. Blanchon, il y a un grand parc où l'on peut se promener. C'est bon pour la santé.

— Tu es gentille, Armance, mais les sœurs et M. Chaboux ne nous laisseront jamais partir !

— Lorsque vous serez majeures, vous ferez comme vous voudrez !

— Ça me paraît si loin !

— Mais non, ça passera vite et nous serons à nouveau toutes ensemble ! D'ailleurs, vous avez le bonjour de Suzel et Flavie !

— Votre amitié à toutes les trois me fait chaud au cœur... ici, c'est toujours aussi minable et parfois...

— Allons, pas de mauvaises pensées. Je passerai dans un mois pour prendre de vos nouvelles et il faut qu'elles soient bonnes, sinon gare à vous ! » avait plaisanté Armance pour redonner le moral à son amie.

Albin avait attendu Armance à quelques pas de l'orphelinat. Les religieuses ne l'auraient pas laissé entrer et Armance voulait éviter les questions. Lorsqu'elle l'eut rejoint, elle lui expliqua la situation. Elle était triste et révoltée.

« Eh oui, vos jeunes amies ne connaissent pas les lois et le moulinier se garde bien de les leur apprendre. C'est pour cela que l'instruction est si importante ! Je suis certain que d'ici quelques années, l'ouvrier prendra conscience de son pouvoir et alors les patrons seront obligés de réduire le temps de travail et d'améliorer les conditions de vie dans les usines.

« — Vous croyez ?

— Oui, j'en suis certain. Une ère nouvelle verra le jour ! »

Armance fut un peu rassérénée.

En principe, Albin s'éclipse dès que la masure des Platard est en vue. Armance ne souhaite pas que ses parents la voient en compagnie du jeune homme, mais ce jour-là, son père revient du champ, sa bêche sur l'épaule, une cigarette éteinte au coin des lèvres. Il toise Albin qui ôte son chapeau et commence :

« Bonjour, monsieur, je...

— Armance ! Vai a co nostra e parla gis doube un eitrangèir[1] ! crie-t-il en ignorant Albin.

— Mais, père, ce n'est pas un étranger, c'est...

— Boudiou ! mei reipond[2] ! » hurle-t-il en giflant la jeune fille.

Armance ne porte pas la main sur sa joue endolorie. Elle fait face à son père. Cet homme qui refuse qu'elle s'instruise, cet homme qui n'a jamais été tendre avec elle, et qui ne la tolère que parce qu'elle rapporte son salaire, ne lui fait plus peur. La présence d'Albin décuple son courage.

« Ce n'est pas un étranger, c'est Albin Clair, l'instituteur, engagé par M. Blanchon pour nous faire la classe.

— Ha ! Ha ! Un meitre d'eicola ! Un roge ! Un

---

1. « Armance, file à la maison et que je te voie point causer avec un étranger ! »
2. « Quoi ! Tu me réponds ! »

sans Diou ! Un qui Vei-lo ! sas mans, so capeu et sas soliers ! ei pas un pagel ! Que vol un moussu parelh[1] ? persifle le père.

— Il m'accompagne et nous parlons, tout simplement.

— Qué innocenta ! Te ne'n vau contar floreta et quand a tengut aquo que vol, te abandona daube una bolha coma una montgolfièra[2] !

— Monsieur, je ne vous permets pas..., intervient Albin.

— Me permetra pas ! Mas, joine, diso aquo que pensavo, e, fiate, possedo esperiença... las filhas de pagel sont que des passetemps por los gents de vila e après los braves pageus les ramassan dins la riu et les marian[3]...

— Pourquoi tu dis ça ? interroge Armance.

— Per que ei verai, mas rintra ès no sautri, anem pas far la buaa davant tot le monde, anetz, rintra, te diso[4] !

Les dernières phrases de son père ont troublé Armance. Elle sent qu'il n'a pas dit ça par simple

1. « Ah ! Ah ! Un instituteur ! Un rouge ! Un sans Dieu ! À voir ses mains, son chapeau et ses brodequins, sûr qu'il est pas de la terre ! Qu'est-ce qu'il peut bien te vouloir, un mossieur pareil ? »

2. « Qué naïve ! Y va te conter fleurette et quand il aura eu ce qu'il veut, il t'abandonnera avec un ventre comme une baudruche ! »

3. « Y m'permet pas ! Mais jeune homme, je dis ce que je pense et croyez-moi, j'ai de l'expérience. Les filles de la campagne sont des passe-temps pour les gens comme vous et après, ce sont les bons paysans qui les ramassent dans le ruisseau et qui les épousent. »

4. « Parce que c'est vrai, mais rentre à la maison, on va pas laver not'linge sale en public, allez, rentre que j'te dis ! »

méchanceté, mais qu'il veut maladroitement la mettre en garde. Le mot terrible prononcé par Rose lui revient en mémoire : « bâtarde ». Est-ce lui « le bon paysan » qui aurait ramassé sa mère « dans le ruisseau » ? Sa mère aurait-elle été séduite par un « môssieur » de la ville ? Toutes ces questions l'assaillent. Elle veut maintenant en connaître les réponses. Sa mère et Louis sont les seuls à pouvoir les lui donner. Elle tend la main à Albin. La main du jeune homme tremble de colère contenue, celle d'Armance est plus ferme. Elle dit simplement :

« Merci de m'avoir accompagnée, à lundi. »

Et elle suit son père.

Dès qu'elle entre dans la salle, une bonne odeur de fricasse au lard la fait saliver. Méline lui saute au cou, sa mère relève une mèche de cheveux qui lui tombe sur le front et lance joyeusement :

« À table ! Aujourd'hui c'est bombance, le voisin a tué le cochon et, depuis que ses deux fils sont partis travailler à la mine de fer de Veyras, il a plus personne pour lui donner la main, alors je l'ai aidé pour la confection des caillettes et des saucissons, et j'ai eu droit à un morceau de lard. J'en ai salé la plus grosse partie pour cet hiver et j'en ai gardé un petit bout pour ce soir. On va se régaler ! »

Bastien est déjà à table, son couteau à la main. Il est content, lui aussi : dès lundi, il ira s'engager à la mine de fer de Privas. C'est bien payé. Son père a été long à donner son accord. Mais l'été a été si chaud que la récolte est nulle et il faudra de l'argent pour les semences et les impôts. Lui aussi d'ailleurs a trouvé à s'embaucher à la mine de fer de Charmes. Ce qu'il craint, c'est que Bastien ne prenne goût à ce travail et ne veuille pas revenir à la ferme au printemps. Ça, il ne supporterait pas. Il veut que son fils reprenne la ferme achetée par son père à la Révolution. Maintenant, il est propriétaire, il ne s'agit pas de laisser la terre se gâter. Son fils sera paysan, comme lui. Sa femme, pas Juléva, la première, la mère de Bastien qui est morte en couches, lui avait apporté en dot un bout de terre qu'il a planté de mûriers. Dans quelques années, ils seront de bon rapport. Alors pas question que Bastien s'éloigne. Il épousera une fille du coin qui, si on discute bien, lui apportera encore un petit terrain, alors que s'il devient ouvrier, il épousera une ouvrière et la terre ne l'intéressera plus. Ah, s'il avait eu un autre fils, ç'aurait été différent, mais Méline est née et après elle, aucun autre enfant ne s'est annoncé. De toute façon, d'autres bouches à nourrir, c'était trop de soucis en perspective. Quant à Armance, après tout, elle fait ce qu'elle veut... Il n'était pas d'accord pour qu'elle aille à Saint-Julien, mais c'est peut-être mieux... autant qu'elle sache. Lui, il a fait son devoir, maintenant, si l'autre prend la relève, ce ne sera pas forcément une mauvaise chose... Et si elle se marie avec un gars de la ville, il ne demandera sans doute ni dot ni trousseau... Plus vite elle sera partie et moins elle risquera de contaminer Bastien en lui vantant l'usine, la liberté... enfin toutes ces idées nouvelles qui entraînent les jeunes à faire des bêtises.

Louis pense à tout ça en savourant son repas. Il ne parle pas. À table, on ne parle pas. Juléva sourit à Armance au-dessus de son assiette et la jeune fille n'a pas le cœur de troubler le calme du soir en amorçant la discussion qu'elle avait prévue. Demain peut-être.

14

Le dimanche, Louis a évité Armance. Il a emmené Bastien au village pour fêter par une chopine de vin leur départ pour la mine. Armance et Méline sont allées dans le bois pour chercher, sous les feuilles sèches, les dernières châtaignes oubliées. La petite a parlé de l'école. Les religieuses sont trop sévères et elle se trouve assez savante. Elle préfère l'ambiance de l'usine, même si elle doit travailler quinze ou seize heures, et puis, elle a hâte de gagner des sous. Elle fera sa communion en avril et ensuite, zou ! elle file à la fabrique de M. Blanchon pour jouer sur les balançoires et les portiques, se promener dans le parc et rire avec les autres filles.

Juléva est allée rendre visite à une vieille voisine malade, elle lui a fait le ménage et préparé sa soupe. Armance n'a pas pu lui parler. Vers trois heures, elle est repartie pour arriver à Saint-Julien avant la nuit. Elle se promet d'aborder le sujet qui la préoccupe la semaine suivante.

Elle n'a pas eu le temps d'ouvrir son livre, et pour ne pas l'abîmer elle l'a placé sur le dessus du panier qui contient des pommes de terre, un chou, des châtaignes et un gros pain. Pas d'œuf, ni de lard, ni de fromage et pas même de la farine de gruau : la récolte a été si mauvaise qu'il faut économiser en prévision de l'hiver.

Armance marche d'un bon pas, la compagnie d'Albin lui manque et celle de Méline aussi. Comme elle est seule, la route lui paraît plus longue et plus dangereuse. Tiens, justement, des feuilles bruissent sur le talus, une branche craque. Elle s'arrête. Elle écoute. Rien. Sans doute un oiseau qui s'installe pour la nuit. Elle sourit. Quelle sotte ! Elle reprend sa marche. Quelques instants plus tard, un buisson frémit derrière elle. Un sanglier ! La peur la paralyse quelques secondes. Un sanglier ? Lui reviennent en mémoire des récits racontés à la veillée sur de vieux mâles féroces qui foncent, défenses en avant, sur tout ce qui se trouve sur leur route. Que faire ? Courir pour lui échapper ? Monter sur un arbre ? Le chemin est si pentu et pierreux qu'elle risque la chute, et les chênes ne sont pas faciles d'accès. Elle se retourne, scrute l'arbuste, la gorge sèche, le cœur battant. Plus aucune feuille ne bouge. Qu'attend-il pour charger ? Ce n'est peut-être pas un sanglier. Alors ? Un bandit ? Il la suit et attend le bon moment pour lui sauter dessus. La peur monte en elle et sème le désordre : son pouls s'emballe, elle ne peut plus respirer et ses jambes flageolent. Elle tourne sur elle-même en espérant une aide, mais il n'y a jamais personne sur ce chemin. Par contre, si elle pouvait courir jusqu'à la fontaine des Trois-Ânes... C'est là que le Pierre Simon garde ses bêtes... Si par chance il y est... elle est sauvée.

Tant pis pour le panier, tant pis si elle tombe, cette menace dans son dos est trop angoissante. Elle lâche le panier et court, court, court.

Une silhouette chétive quitte l'abri du buisson et se précipite sur les pommes de terre qu'il enfouit dans les poches d'un pantalon troué et difforme. Il saisit le pain et y plante les dents avec voracité.

Armance, étonnée de ne pas entendre une galopade à sa suite, s'arrête un peu plus bas. Haletante, elle se retourne et aperçoit un garçonnet accroupi à côté du panier.

« Quel toupet ! » marmonne-t-elle mi-soulagée, mi-coléreuse.

Elle revient sur ses pas. Le garçon ne l'a même pas entendue. Il doit avoir dix ou douze ans, il a des cheveux blonds, hirsutes, et dévore le pain à genoux devant le panier

« Hé, faut pas te gêner ! » lance-t-elle les mains sur les hanches.

Apeuré, le garçon la regarde, cache le pain derrière son dos et se protège le visage de son autre bras, puis il grommelle, la bouche pleine :

« Avé fan ! (J'ai faim !)

— Ça se voit ! Mais tu manges mon repas de la semaine et moi j'aurai plus qu'à jeûner !

— J'ai pas m'zhi depuis très jours et... (J'ai pas mangé depuis trois jours et...)

— Depuis trois jours ! Comment est-ce possible ?

— Ben, ben... »

Le garçon hésite. Il ramasse toutes les miettes du pain et les avale, puis il tend la miche entamée à Armance avec une mine désolée. Il sort une à une les pommes de terre et les châtaignes de ses poches et les remet dans le panier. Armance se baisse pour récupérer le livre, plus précieux que la nourriture. Ce garçon est étrange. Il a un accent bizarre et mélange le français et un patois différent du sien, mais elle va faire un effort pour le comprendre. Elle s'assied à côté du gamin et le rassure.

« Raconte-moi. Puisque tu as si faim, on partagera. »

Encouragé par cette perspective, le garçon commence :

« Je viens d'un velozhe par lé (village par-là)... » Il fait un geste évasif de la main. Il n'en dira pas le nom pour le cas où cette fille irait plus tard parler aux gendarmes. « On é quatorze anfan en familye et c't'an (cette année), pas de récolte, alors quand Pipo, le saltimbanque, a paso avé sa tropa (est passé avec sa troupe), mon pore m'a loué pour trè an. Pipo a payé les trè an d'un coup. San francs ! Une jolie somme ! Moi, ça me déplaisait po de partir, de kunyètre du peyi (de connaître du pays), d'apprendre à jongler, à dresser lu chiens. E pwé mon pore m'kunyi (et puis mon père me cogne) tout le temps, c'était l'occasion de ne plus le vi (le voir). On est parti vè le sud. Une né (une nuit), pendant le bivouac, Pipo, Tito et Romuald bayako fort (bavardaient fort). Je ne dormais pas. J'ai éküto (écouté). Ils disaient qu'ils gagneraient dix fois plus si je devenais mendiant et que les gens étaient plus généreux avec les infirmes.

— Mais tu n'es pas infirme ?

— Attends la suite. Tito s'est inquiété de savoir ce qu'ils diraient à mes paran dans trè an. "Dans trè an, a répliqué Romuald, sa more aura eu encore trè anfan et on lui dira que celui-là est mor du choléra." Moi, je koprandre (ne comprenais) toujours pas, mais Pipo a ajouté : "D'accord, alors, en route pour Saint-Sébastian !"

— Saint-Sébastian ?

— Lé (là-bas), y a des spécialistes qui fabriquent des infirmes. On te kopo (coupe) ce que tu veux, enfin ce que veulent ceux qui t'amènent : ô pi (un pied), ô jambe, les dü (deux), un bras et même on peut te rendre aveugle.

— C'est affreux !

— Oui. J'ai attendu qu'ils se soient dremi (couchés) et je me suis enfui. Il y a quatre jours que je cours, que je m'kashi (me cache) et que je m'zhi (mange) que de l'erba (l'herbe), des racines et quelques châtaignes crues.

— Il faut rentrer chez toi.

— Pas possible. Tito reviendra me chino (chercher)

puisqu'il m'a acheté et mon pore m'kunyi mé (mon père me battra).

— Allons à la gendarmerie !

— NON ! crie l'enfant. J'ai pas de papi (papiers) ! Les gendarmes m'mettront en prézo (prison) ou dans un orphelinat.

— Qu'est ce que tu vas devenir ?

— Je sais pas. Je vais descendre jusqu'à la mer et je m'engagerai comme mousse. Lé, nyô (là-bas, personne) ne me retrouvera.

— C'est loin, la mer... Et si tu venais avec moi ?

— Chez toi ?

— Non. Là où je travaille. Tu pourrais te faire engager à la filature ou au moulinage et...

— J'suis pas en règle, pas de patrô (aucun patron) ne voudra de moi.

— On peut toujours essayer... je dirai que... que tu es mon cousin... et que tu étais brassier dans une ferme... mais que ton maître te battait... que tu t'es enfui... et que tu as laissé tous tes papiers dans le grenier où tu couchais...

— Ben dis donc, t'en inventes des histoires...

— Tu es d'accord ? demande Armance tout excitée par la responsabilité qu'elle prend et par la facilité qu'elle a eue à imaginer son mensonge.

— On peut toujours èsèyi (essayer), de toute façon, pardü pour pardü... (perdu pour perdu...)

— Tu t'appelles comment ?

— Heu... Jules... Jules Blanc. »

15

Armance est arrivée tard à la fabrique, mais chez M. Blanchon, le dortoir n'est jamais fermé à clef, et grâce à l'escalier extérieur elle a pu se glisser sur la paillasse qu'elle partage avec Angèle sans réveiller personne. Jules n'a pas le droit de monter dans le dortoir des filles. Il s'est couché sous l'escalier. Il a l'habitude de dormir à la belle étoile même si les nuits de novembre fraîchissent.

À présent, Armance est moins sûre d'elle. Et si M. Blanchon ne croyait pas à son histoire ? Et si, pour la punir, il la renvoyait ? Et si Jules lui avait menti et qu'il cherche à s'introduire dans l'usine pour voler de la soie ? Elle a eu tort de venir au secours de ce gamin... après tout, chacun ses problèmes ! Elle a les siens et personne ne l'aide ! À l'aube, elle se lève avant tout le monde et descend sans bruit, un bout de pain à la main. Elle espère vaguement que Jules ne sera plus là, qu'il aura fui, mais elle l'aperçoit recroquevillé sous l'escalier, il lui fait pitié et toutes ses mauvaises pensées de la nuit s'évaporent :

« Il faut que tu ailles te cacher ailleurs. Les filles vont descendre, il vaut mieux qu'elles te trouvent pas.

— Kan prèzhi tu au moulinier ? (Quand parleras-tu ?)

— Je sais pas... je dois réfléchir... trouver le bon moment... Va-t'en vite, j'entends du bruit là-haut... À midi, on se retrouve derrière la cuisine. Je te ferai passer un peu de soupe. »

Ce matin-là, elle est distraite. Par deux fois, les fils de soie des tavelettes s'embrouillent avant de s'enrouler sur le roquet, et cassent. Suzel se moque gentiment de son amie :

« Holà, t'as pas les yeux en face des trous !

— Je suis fatiguée.

— Tu es allée danser samedi soir ?

— Pas du tout, mais... hier, j'ai été retardée sur le chemin, je suis rentrée tard et j'ai mal dormi.

— Tu as rencontré Élias ?

— Non, non... »

Armance est anxieuse. Elle n'a pas envie de bavarder. Elle se sent responsable de Jules et pense qu'il est préférable de taire son existence. Elle entend déjà les critiques de certaines : « Tu es bien orgueilleuse de penser que M. Blanchon peut engager Jules sur ta recommandation ! » ou alors : « Il l'engage parce que tu es la meilleure ouvrière et la meilleure élève. » Ah, elle s'est mise dans un beau pétrin ! Elle ne peut se confier qu'à Albin et elle attend avec impatience onze heures trente pour le retrouver dans la petite pièce qui sert de salle de classe.

À onze heures, Flavie, qui a préparé la soupe aux choux pour toutes les trois, la sert dans les bols. Armance sort dans la cour pour la partager avec Jules.

« Où tu vas ? questionne Suzel en se réchauffant les mains autour du bol.

— Prendre l'air... Je sais pas ce que j'ai... j'ai chaud...

— Tu as de la chance, il y avait de la gelée blanche ce matin. Moi, je suis glacée.

— J'ai peut-être un peu de fièvre... l'air me fera du bien.

— Elle est bizarre, Armance, dit Flavie à Suzel dès que leur amie a franchi la porte.

— Oui. Elle nous cache quelque chose. Tu crois qu'elle a un nouvel amoureux ?

— On le saura bientôt... elle ne pourra pas garder son secret très longtemps. »

Jules avale toute la soupe bouillante, puis il s'excuse. Elle lui assure que ça n'a pas d'importance, qu'elle en a déjà mangé un bol. Elle lui propose de se cacher encore tout l'après-midi. Elle va demander conseil à quelqu'un de sûr, et suivant la réponse, elle le présentera ce soir au moulinier ou alors...

« Ou alors quoi ?

— Ou alors, il faudra que tu descendes vers la mer pour devenir mousse.

— Bon... mais fore (fais) ton possible... ça me plairait d'travamyi che (de travailler ici). J'ai promèno (promené) dans le parc et c'est rudement brave (joli)... on dirait un château. »

Armance rejoint la salle de classe où quatorze fillettes ont déjà sorti leur livre. Elle a oublié le sien dans son panier. C'est la première fois. Albin lui prête son livre. Il suivra la lecture par-dessus son épaule, cela ne lui déplaît pas. Mais Armance lit mal, saute des mots, oublie les liaisons. Dans sa tête, il y a un sérieux remue-ménage : va-t-elle se décider à parler à Albin ? Ne va-t-il pas lui dire qu'elle s'occupe de ce qui ne la regarde pas ? Non, elle sent bien qu'ils partagent les mêmes idées... Oui, mais il est plus instruit, plus raisonnable, plus mûr, et son idée à elle est un peu folle. Lorsque l'heure est écoulée et que les petites élèves rejoignent la fabrique, en courant, Armance s'approche d'Albin qui range son matériel. Elle lui sourit sans rien dire. Il lui rend son sourire, alors elle n'hésite plus, elle lui parle de sa rencontre avec Jules et lui explique que la seule solution est qu'il travaille à la fabrique.

« Votre grand cœur vous honore, mais sans papiers... ce sera difficile et M. Blanchon...

— Vous pensez que je n'ai aucune chance ?

— Pas du tout. M. Blanchon apprécie votre travail et votre courage, mais enfin, il n'est pas certain qu'il veuille engager ce jeune garçon et...

— Qui ne risque rien n'a rien ! » lance Armance avec défi.

Il la trouve encore plus belle avec cette flamme dans les yeux, cette volonté qui bouillonne en elle.

« Vous avez raison ! En arrivant, j'ai croisé M. Blanchon qui entrait dans son bureau, il tenait une lettre à la main et m'a dit en souriant : "Une grosse commande de Lyon". Vous devriez lui parler dès maintenant, il est d'excellente humeur.

— Vous croyez ?

— Oui. Allez-y. Tous mes vœux vous accompagnent. »

16

Armance frappe à la porte. Elle a la gorge sèche et le feu aux joues.

« Entrez ! »

Elle entre. M. Blanchon est assis derrière son bureau. Le même désordre y règne et le vase n'a toujours pas de fleurs. Intimidée, elle s'arrête au milieu de la pièce.

« Ah ! Mademoiselle Platard, que vous arrive-t-il ? s'informe le moulinier.

— Eh bien... euh... bonjour, monsieur Armand... je...

— Avancez, mademoiselle, et asseyez-vous... »

Armance fait quelques pas et reste à côté du fauteuil. Elle aspire une grande goulée d'air et reprend :

« Voilà, hier, j'ai rencontré... »

Et elle raconte la vérité. Elle avait prévu de dire que c'était son cousin et là, brusquement, il lui a paru évident qu'elle ne devait pas mentir.

« Pauvre enfant ! murmure le moulinier qui ajoute : et qu'attendez-vous de moi ?

— Que vous l'engagiez, monsieur. »

M. Blanchon sourit, ôte ses lunettes, souffle machinalement sur les verres, les examine par transparence pour détecter une poussière invisible... histoire de gagner du temps. Décidément, cette fille n'est pas ordinaire. Elle a quelque chose de... Il remet ses lunettes et plante son regard dans ses yeux verts. Étranges ces yeux... Il se lève, avance vers un miroir entouré d'un cadre en bois doré qui surplombe une console de même style et se dévisage. Puis il se retourne, toussote et s'appuie contre son bureau.

Armance a suivi tous ses gestes et ne sait que penser de cette attitude. Est-ce bon ou mauvais signe ?

« Vous avez quinze ans, n'est-ce pas ? »

« Curieuse question », pense la jeune fille, et qui n'a aucun rapport avec l'embauche de Jules, mais elle répond poliment :

« Oui, monsieur, je suis née le 8 avril 1834.

— Avril 1834... », répète le moulinier en se passant une main sur le front...

Serait-il possible ? Non, non, simple coïncidence... pourtant... Il veut savoir.

Non, il ne veut pas, ce serait trop cruel !

Le silence s'éternise. M. Blanchon s'assied lentement derrière son bureau, puis questionne d'une voix à peine audible :

« Et votre maman ?

— Ma maman ? s'étonne Armance.

— Oui... A-t-elle travaillé, ici, à la fabrique ? »

Armance a un vertige. Elle s'assoit sur le fauteuil qu'elle avait dédaigné. Elle a chaud et l'air lui manque. Dans sa tête, elle entend la voix de Rose : « Ta mère a travaillé à Saint-Julien » puis le mot terrible qui bourdonne : « bâtarde ». En même temps, elle sent qu'elle va connaître le secret. Elle veut avoir la force de l'entendre. Elle lâche dans un souffle :

« Oui.

— Et... elle s'appelle comment ?

— Juléva.

— Juléva... est-ce possible ?... Juléva... et vous... Armance... »

Il se lève, contourne son bureau et lui prend les mains qu'elle tenait sagement sur ses genoux...

« Armance... ce que je vais vous dire est incroyable... et pourtant... j'en suis certain à présent... vous êtes ma fille.

— Non... non... », bredouille-t-elle. Elle bondit hors du fauteuil, bouscule M. Blanchon incliné devant elle et se précipite hors de la pièce.

Il n'a pas eu le temps de la retenir et il crie sur le pas de la porte, pendant qu'Armance court dans le couloir :

« Attendez ! Armance ! Attendez ! Je vais vous expliquer ! »

Pas besoin d'explication. Il a séduit sa mère et l'a abandonnée alors qu'elle était enceinte. C'est un lâche ! Un traître ! Un profiteur ! Un exploiteur ! Les larmes ruissellent sur ses joues, et elle continue à courir. Elle traverse le parc et va s'effondrer dans la grotte aménagée au fond du jardin pour procurer ombre et fraîcheur en été, mais en ce mois de novembre, elle est humide et dégage une odeur de champignons et de salpêtre. Elle se roule en boule et sanglote. Voilà pourquoi sa mère ne voulait pas qu'elle vienne travailler ici ! Voilà pourquoi Louis avait une si mauvaise opinion du moulinier ! Voilà pourquoi Rose la traitait de bâtarde ! Elle voudrait mourir de honte et de chagrin.

« Que fore-tu lè ? (Qu'est-ce que tu fais là ?) » s'étonne Jules.

Elle sursaute. Elle ne l'a pas entendu venir. Elle renifle, s'essuie le visage de sa manche.

« C'est parce qu'y vüla (qu'il voulait) pas de moi, le moulinier, que t'plœro (tu pleures) ? »

Non. Elle avait oublié Jules. Son drame à elle lui semble tellement plus terrible que le sien.

« Faut pas mètre dans l'trist'éta (Faut pas te mettre dans des états pareils), s'il veut pas, je descends vers la mer...

— Je ne pleure pas pour ça... Je n'ai pas eu la réponse, pour toi... De toute façon, je quitte le moulinage immédiatement... Je peux plus travailler ici...

— Toi, t'as de sérieux âkro (ennuis)... Je pourrais te balyi de l'éda (t'aider) si tu te confiais...

— Personne ne peut m'aider... Ce qui m'arrive est trop... affreux.

— Pas plus afroé (affreux) qu'être vendu par son pore et âmèno (conduit) à Saint-Sébastian pour y être kaso (mutilé)...

— Heu... oui... tu as raison... et... si on partait tous les deux vers la mer... on se ferait engager comme mousses et...

— Ha, Ha ! s'esclaffe Jules, ô felye su ô batô ! (une fille mousse !)

— Je ferai la cuisine à bord et...

— Ben, si tu y tiens... on partira demâ (demain) matin... J'volo na mita de nœrtra pour la rota (Je vais voler un peu de nourriture pour la route) », dit-il en quittant la grotte.

Armance ne le retient pas. Elle est soulagée. Jules prend son sort en main. Bientôt, elle sera loin de Saint-Julien, loin de M. Blanchon, loin de sa mère et de Louis, loin des gens qui la connaissent et qui pourraient se moquer d'elle. Là-bas, personne ne saura.

« ARMANCE ! AR... MANCE ! »

La voix d'Albin ! Armance se recroqueville au plus profond de la grotte. Personne ne doit la retrouver... et surtout pas Albin. Elle ne veut pas qu'il sache. Elle veut qu'il garde d'elle l'image d'une jeune fille simple, courageuse, travailleuse, mais surtout pas celle d'une bâtarde. Elle aurait trop mal, trop honte.

« ARMANCE ! AR... MANCE ! »

Une autre voix l'appelle. Est-ce que la gouvernante, le contremaître, M. Blanchon la recherchent ? Non, non, ce serait lui donner trop d'importance. Elle tend l'oreille. Il y a de l'anxiété dans cette voix. Un étrange espoir lui fait battre le cœur. Non, non, elle est folle. La meilleure solution est de partir avec Jules.

« ARMANCE ! AR... MANCE !

— ARMANCE ! AR... MANCE ! »

Les voix sont proches. La lueur d'une torche éclaire l'entrée de la grotte. Elle se terre dans le fond, mais la lueur la découvre et le visage d'Albin lui apparaît dans la clarté :

« Enfin ! Armance, vous nous avez fait une de ces peurs ! s'exclame-t-il.

— Partez ! Je ne veux voir personne !

— Voyons, levez-vous, vous êtes transie et vous allez attraper la mort.

— Eh bien, tant mieux ! Tout sera plus simple.

— Armance, ne dites pas cela... Oh ! mon Dieu, quel bonheur de vous avoir retrouvée », murmure M. Blanchon qui est entré dans la grotte à la suite d'Albin.

Armance se cache le visage dans son châle humide. Comment ose-t-il paraître devant elle ? Ne comprend-il pas sa souffrance ?

« Armance, écoutez-moi, j'ai des torts, j'en conviens, mais je suis venu vous dire la vérité... et vous verrez que, bien qu'elle soit terrible..., elle est... belle aussi... Je vous en prie, écoutez-moi, vous me jugerez après. »

Albin l'aide à se relever. Elle s'essuie le visage de la main. M. Armand a raison. Elle doit savoir. Après tout, n'est-ce pas le secret de sa naissance qu'elle est venue chercher à Saint-Julien ? Albin lui propose son bras. Elle s'y appuie et tous les trois quittent la grotte et se dirigent vers la partie du bâtiment qui sert d'habitation au moulinier. La porte franchie, il appelle :

« Justine ! Justine ! Apporte du linge sec pour mademoiselle et des grogs. »

Une vieille servante apparaît. Elle ôte le châle humide d'Armance et l'enveloppe dans une cape en lainage vaporeux et chaud, puis elle disparaît sans bruit pour exécuter les ordres. Armance n'a plus de résistance. Elle se laisse faire comme une enfant malade.

M. Blanchon la guide dans un salon où un feu crépite dans la cheminée. Les doubles rideaux sont tirés. Quatre volumineux fauteuils entourent une petite table ronde. Il lui en désigne un. Elle s'assoit au bord en resserrant la cape sur ses épaules. Elle grelotte. Albin prend congé, se retire après avoir salué le moulinier et Armance. Il a compris. Il voudrait rester, pour soutenir Armance, mais ce n'est pas possible.

Le père et la fille ne veulent pas de témoins pour leur conversation. Justine apporte deux grogs et quitte la pièce en fermant la porte à deux battants.

M. Blanchon prend un verre et le tend à Armance en souriant pour l'encourager, puis il prend l'autre, souffle sur le breuvage bouillant qui fleure le rhum, en avale une gorgée et repose le verre sur la table. Armance fait de même. Ces gestes, accomplis ensemble, les rapprochent. M. Blanchon toussote et commence :

« En 1834, le moulinage appartenait à mon père. Un

117

homme droit, intègre, mais dur. L'usine était sa seule préoccupation. Il avait épousé ma mère parce qu'elle apportait une bonne dot qui lui permettait d'agrandir la fabrique. J'avais vingt ans et j'apprenais le métier pour lui succéder. Mon père m'avait nommé contremaître afin que je connaisse tous les aspects de la profession. J'ai tout de suite remarqué une ouvrière habile, intelligente et très belle... »

M. Blanchon saisit son verre, boit une gorgée. Il continue en regardant Armance qui s'est assise plus confortablement dans le fauteuil :

« Vous avez deviné. Il s'agit de Juléva. Je l'ai aimée immédiatement. Elle a été beaucoup plus longue à m'avouer ses sentiments. Elle me disait qu'un patron ne pouvait pas tomber amoureux d'une ouvrière et je lui répondais que je n'étais pas le patron et que rien ne pourrait nous séparer... À vingt ans, on est un peu fou... », ajoute-t-il comme pour s'excuser.

Armance esquisse un demi-sourire. N'a-t-elle pas cru, elle aussi, à l'amour d'Élias alors que tout les séparait ? Stimulé par cette marque de sympathie, M. Blanchon poursuit :

« Lorsque mon père apprit notre liaison, il m'ordonna de rompre. Je refusai. Je lui dis que Juléva et moi nous nous aimions et que j'allais l'épouser. Cela me semblait si simple », soupire M. Blanchon en posant son verre sur la table. Il ferme les yeux comme s'il cherchait à retrouver intacts ses sentiments.

Quelques minutes s'écoulent dans le silence. Il en a besoin pour trouver la force de continuer :

« Mon père entra dans une colère terrible. Il cria qu'il me déshéritait et que jamais je ne trouverais de travail chez aucun de ses confrères. Il me rappela qu'il était prévu que j'épouse Gabrielle Payet dont le père avait une usine de tissage prospère à Lyon. Ce mariage devait assurer de constants débouchés pour notre fil de soie.

« J'avais vu Gabrielle deux ou trois fois, mais je ne l'aimais pas.

« Mon père hurla que les sentiments passent après les affaires. Je hurlai que pour moi, c'était le contraire. Ce fut une scène affreuse. »

Et comme s'il la revivait, M. Blanchon desserre sa cravate d'un doigt nerveux et se lève pour faire les cent pas dans la pièce.

« J'étais certain que mon père finirait par capituler devant la force de notre amour. J'étais naïf... », souffle M. Blanchon. Il hésite. La suite est plus difficile à raconter à une jeune fille. Il aspire une bouffée d'air et reprend :

« Pour obliger mon père à accepter notre union, je proposai à Juléva d'avoir un enfant. Elle accepta. Je crois sincèrement qu'elle avait envie d'avoir un enfant, notre enfant. Comme moi, elle ne mesura pas la portée de cet acte. Elle avait dix-neuf ans. Dieu que nous étions jeunes ! Tout ce temps passé... Tout ce temps perdu », murmure-t-il pour lui seul avant d'enchaîner :

« Et puis, à Lyon, il y eut une violente insurrection. Les métiers s'arrêtèrent. Nous n'avions plus de commandes. Nous allions à la ruine. Mon père m'envoya là-bas pour rencontrer les canuts et les soyeux afin d'obtenir de nouveaux marchés. Juléva était enceinte. Le bébé naîtrait début avril. Je décidai d'en informer mon père à mon retour de Lyon. Je pensais m'absenter une semaine, mais les tractations furent difficiles et je voulais prouver à mon père que je n'étais pas un incapable. Je restai un bon mois. Un mois long, affreusement long... Jamais je n'aurais dû... »

Un son cristallin fait sursauter Armance prise par le récit de son père. C'est la grosse horloge de noyer qui égrène sept heures. La pièce est plongée dans l'obscurité. Seules les braises du feu qui se meurt font un halo de lumière. M. Blanchon ôte le verre de la lampe à huile posée sur la table et allume la mèche, puis, surpris par cette soudaine clarté, il prend la lampe et la pose sur la commode entre les deux fenêtres. Ces gestes lui ont permis de retrouver un peu de calme. Il toussote et poursuit :

« De retour à Saint-Julien, Juléva avait disparu. Mon père m'assura qu'elle était partie de son plein gré, parce qu'elle ne voulait pas épouser un protestant. Nous n'avions jamais évoqué la religion entre nous. Notre amour me semblait si fort ! Mais il est vrai qu'elle était catholique et que je suis protestant. Je pensais que ses parents et le curé l'avaient convaincue de ne pas m'épouser. Qu'elle ait cédé me parut une trahison. Mon père en profita pour enfoncer le clou. Il m'affirma que Juléva était une intrigante qui voulait me mettre le grappin dessus et qu'il l'avait entendue dire à une amie en partant : "Dommage, ça a bien failli réussir." Je le crus. J'étais tellement désorienté, désespéré, que je le crus. Oh ! je m'en veux... »

Armance s'agite dans le fauteuil. Non, ce n'est pas possible. Sa mère n'est pas une intrigante. Tout est faux ! Archi-faux ! a-t-elle envie de crier, mais aucun mot ne parvient à franchir ses lèvres. Cette histoire est trop pénible à entendre...

Elle ne sait plus si elle veut en connaître la fin.

M. Blanchon s'approche d'elle, pose une main sur son épaule et dit :

« Écoutez la suite, après seulement, vous déciderez si... »

Il s'assied à côté de la jeune fille, croise et décroise nerveusement les jambes. Armance s'est blottie dans le fond du fauteuil comme si elle voulait y disparaître.

« J'ai épousé Gabrielle Payet, nous avons eu un fils Abel et puis mon père est mort en 1840. Je suis devenu le patron, j'ai eu accès à certains dossiers enfermés dans un coffre. J'y ai trouvé une note manuscrite de mon père ordonnant au contremaître de renvoyer Juléva. Elle n'était donc pas partie de son plein gré. Il était trop tard et que faire pour réparer ? Et puis ma femme et mon fils sont morts du choléra lors d'un voyage dans le Midi... maintenant, je suis seul. »

Le silence s'étire dans la pièce. Maintenant tout est clair. Armance comprend les réticences de sa mère, la rancœur de Louis qui a épousé Juléva avec l'enfant d'un autre. Elle n'en veut plus à personne. Elle est apaisée. Elle n'est pas une « bâtarde », elle est le fruit d'un amour défendu entre Armand Blanchon et sa mère. Elle sourit faiblement.

« Enfin, non, je ne suis plus seul puisque tu es là. Tu es ma fille, Armance... ma fille... je n'ai plus que toi... Tu vois, je ne t'ai pas menti, l'histoire qui a conduit à ta naissance est une histoire d'amour triste... mais l'amour était présent... La preuve, c'est que ta maman t'a appelée Armance, le féminin de mon prénom. Lorsque j'ai vu tes yeux verts, comme les miens... Un immense espoir m'a envahi... mais j'avais si peur d'être déçu que j'ai attendu. Cette fois, le destin a été clément avec moi et je serais heureux si tu acceptais d'être ma fille. »

Armance se lève et, sans un mot, prend entre ses deux mains la main de son père qui reposait sur l'accoudoir du fauteuil.

Épilogue

Armance vit à Saint-Julien toute la semaine. Sur ses conseils, son père fait circuler, le samedi et le dimanche soir, une carriole pour transporter les ouvrières et leur éviter de longs déplacements à pied. Armance l'utilise pour se rendre chez sa mère, heureuse du bonheur neuf de sa fille.

Louis n'est pas fâché. Armance n'est plus à sa charge.

Méline a changé d'avis sur l'école. Elle trouve que c'est plus intéressant et moins fatigant que la fabrique. Elle envisage de devenir maîtresse d'école. Armance lui offre souvent des crayons, des cahiers et des livres, puis elle donne discrètement quelques pièces à sa mère. Louis ferme les yeux. Après tout, ce n'est qu'un juste retour des choses.

Pendant l'hiver, Bastien devient mineur à Privas. Avec l'argent gagné, il veut acheter des chèvres pour se lancer dans la production de fromages. Il a du courage, des idées. Sûr, il réussira.

M. Blanchon a embauché Jules. Avec la complicité du maire, il a retrouvé un livret de travail au nom de Jules Blanc. Il dit à qui veut l'entendre qu'Armance est sa bienfaitrice.

Armance ne travaille plus à la fabrique. Elle poursuit ses études avec un professeur particulier et... amoureux : Albin. Le jeune homme a déjà fait sa demande en mariage à M. Blanchon qui a accepté avec joie, mais il a été convenu d'attendre les dix-huit ans d'Armance pour célébrer la noce.

Armance a obtenu de son père que le travail des fillettes de moins de dix ans soit ramené à onze heures par jour et que le samedi matin soit consacré à l'étude pour toutes celles qui le souhaitent.

Elle a encore beaucoup d'idées pour améliorer le sort de ses amies les ouvrières, mais elle a la sagesse de ne pas tout proposer en même temps.

Son père a engagé Javotte et s'assure que Victorine est bien soignée. Dès qu'elle ira mieux, elle viendra, elle aussi, à Saint-Julien.

Plus tard, Armance suivra les traces de son père. Elle fera tourner le moulinage, parce qu'elle a la soie au bout des doigts et au fond du cœur.

Édité par la Librairie Générale Française - LPJ
(58 rue Jean Bleuzen, 92178 Vanves)

Composition Jouve
Achevé d'imprimer en France par CPI (138438)
Dépôt légal 1re publication septembre 2014
72.7779.9/02 - ISBN : 978-2-01-005637-6
Loi n° 49-956 du 16 juillet 1949 sur les publications destinées à la jeunesse
Dépôt légal : novembre 2016